奴隷島

草凪　優

奴隷島

目次

第一章　わたしを見ないで

1

夢を見ていた。

女の夢だ。

誰であるかはあきらかだったが、正宗嘉一(まさむねかいち)は彼女の顔を正視できず、眼をそむけつづけた。夢を見ている自覚はあったので、眼を閉じているのになにかが見えているという感覚が気持ち悪くてしかたなかった。いくら眼をそむけても、彼女の顔は次第に明瞭になっていった。卵形の輪郭、切れ長の涼やかな眼、凜々(りり)しい眉、赤く色づいた唇……心臓が早鐘を打ちはじめ、額や首筋や腋の下に汗が噴きだしてくるのもはっきりとわかった。彼女と眼が合うのは恐怖だった。嘉一は必死に顔を伏せ、まともに見ないようにしていたが……。

ハッ、と眼を覚ますと、新たな恐怖に震えあがらなければならなかった。

そこは見たこともない空間だった。深い飴色のチェスト、座面がモスグリーンのアンティークチェア、ベッドの前後には檻を彷彿させる鉄製の飾り……壁には熟した果実のような色をしたブラケットライトが灯り、金色の額に入った油絵が飾られている。まるで十九世紀の英国にでもタイムスリップしたかのような、洋館の一室だった。

レースのカーテンの向こうから、ぼんやりと白い光が差しこんでいた。

立ちあがってカーテンを開けた。

海が見えた。

嵐の海だ。

空は鈍色（にびいろ）に曇っていたが、夜の闇とは違った。波は鋭く立っていた。この建物は海際の崖に建てられているらしく、すぐ下にゴツゴツした岩が見えた。そこに波が白く砕けて、窓まで飛沫（ひまつ）が飛んできそうだった。

不意に体が震えた。眼下の光景に怖気（おじけ）立ったせいだけではなく、寒さを感じたからだった。嘉一は全裸で、下着一枚着けていなかった。ベッドのまわりに、服を脱ぎ散らかした痕跡もない。

チェストの中に服が入っていないか確認したが、なにも入っていなかった。しかたなく、毛布を体に巻きつけた。部屋の扉は、重厚な木製だった。ドアノブをまわしてみたが、鍵がかかっていた。内側からは開けられない、まるで監獄のような造りだった。

さて、どうしたものか……。

嘉一は自分でも意外なほど落ち着いていた。まだ頭は混乱したままで、なぜ自分がここにいるのかわからなかったけれど、取り乱すようなことはなかった。曖昧な記憶も、そのうち蘇ってくるだろうと思った。

嘉一は人並みはずれた楽天家なわけではなく、むしろ小心な臆病者だった。けれども、いまばかりはどういうわけか妙に胆が据わっていた。これからどんなことが起こっても、すべて受け入れてやろう——そう覚悟を決める。小心な臆病者でも、好奇心は強いほうだった。

毛布にくるまったまま、しばらくベッドに腰をおろしていた。

アンティークな内装は見かけ倒しではなく、この建物は造りがしっかりしているらしい。窓の外の海は荒れ狂っているのに、雨の音も波の音も聞こえてこなかった。きっとガラスが強化された分厚いやつなのだろう。

それでも、耳をすましていると、ヒューヒューと風の音が聞こえてきた。もしかすると、自分の心象音なのかもしれなかった。嘉一には、心に風穴が空いている実感があった。そこに至った経緯といまは向きあいたくないけれど、普通の状態でないことは間違いなかった。

カツ、カツ……と足音が聞こえてきた。それは心象音などではなく、たしかな現実の音だった。重厚な扉の向こうから、誰かがこちらに近づいてくる。

鍵が開けられ、扉が開いた。

入ってきたのは、白髪の老人だった。執事が着るような黒い燕尾服を着て、磨きあげられた黒い革靴まで履いている。洋館らしく、室内でも靴を脱がない生活習慣らしい。

「気分は？」

老人はニコリともせずに訊ねてきた。

曖昧に首をかしげると、ペイズリー柄の布に包まれたものを渡された。

「食事の用意ができているので、服を着ておりてきなさい」

老人は淡々と言い置き、まわれ右をして部屋から出ていった。ずいぶんと横柄な態度だった。彼が執事であるなら、ここは大富豪の邸宅だろうか？　たった二十二年の人生経験しかないけれど、嘉一には執事のいるような邸宅に招待された経験がなかった。いや、そんなものは遠い外国かフィクションの中にだけ存在するものだと思っていた。

ペイズリー柄の布をひろげると、服が入っていた。白いシャツにグレイのセーター、黒いズボン。下着や靴下、スリッパもある。

寝ている間にサイズを測られたわけではないだろうが、着てみるとどれもぴったりだった。スリッパに足を入れ、部屋を出た。暗い廊下を抜けたところで、急に空間が開放的になった。リビングダイニングが吹き抜けになっていて、嘉一のいた部屋が二階にあったことがわかった。リビングダイニングに面した螺旋階段をおりていくと、純白のクロスの敷かれたテーブルに金銀の燭台が並び、蠟燭の炎が揺れていた。

「私は間宮（まみや）」

まったく、いちいち芝居がかっていて、いいかげん笑いがこみあげてきそうである。

立ったまま迎えてくれた老人が名乗った。風貌に似合わず、声だけは妙に若々しく張りがある。

「こちらは……」

「櫻子（さくらこ）です」

紹介される前に、女は名乗った。

テーブルについていたのは、彼女ひとりだけだった。姿勢がよく、背筋がピンと伸びていた。背中までありそうな長い黒髪が、蠟燭の光を浴びて艶々と輝いている。ぱっちりした二重の眼が、美しくも神秘的だった。漆黒の瞳がひどく大きくて、見つめられると吸いこまれそうになる。黒い髪に黒い瞳の純日本人なのに、その印象は西洋人形を彷彿させ、なるほど、アンティークで埋め尽くされたこの家の住人らしいと言えばらしい。

「正宗嘉一です」

記憶喪失ではないので、名前くらいは覚えていた。

「この家にはわたしたちしかいません。遠慮しないで腰かけて」

そう言われても、にわかに動くことができなかった。まるで演劇の舞台装置のようなこの空間を笑い飛ばすことができなかったのは、櫻子と名乗った彼女が一種異様な雰囲気を漂わせているからだった。

濃いブルーのドレスを着ていた。ヴェルヴェットのような素材で、上品なのに色香が匂った。着衣の上からでも、顔に似合わない乳房の大きさが伝わってきた。下半身はテーブルに隠れて見えなかったが、意外に肉感的なスタイルの持ち主なのではないかと思った。

年は二十代後半だろうか。深窓の令嬢がそのまま大人になったような感じで、嘉一がいままで一度も対峙(たいじ)したことのないタイプだった。現実離れしたこの空間にひとつの違和感もなく存在し、ただ目の前に座っているだけで一幅の絵画を眺めているような気分になってくる。

要するに、美しかった。

度を超えた美しさとはパワーであり、嘉一は圧倒されてしまっていた。

2

間宮と櫻子は笑みを浮かべることがなかった。

笑うと罰を受けるゲームでもしているのだろうか、と勘繰ってしまったくらいだった。

もちろん、そんな馬鹿げたことをしているはずがないが、間宮はひどく沈痛な面持ちでパンやスープをテーブルに運び、贅沢な香りがする赤いワインをグラスに注いだ。

櫻子は櫻子で、黙々とパンをちぎってスープに浸して口に運び、ワインを飲む。嘉一も空腹を感じていたが、食事に手をつけることができなかった。櫻子が食べたり飲んだりしている光景が、なんとも言えず不思議だったからだ。食欲を満たすという本能的な行為が似合わないほど、彼女は美しかった。絵の中に描かれた美女が、食べたり飲んだりするわけがない。

「これは朝食ですか、夕食ですか？」

沈黙が重苦しすぎて、嘉一は自分から口を開いた。

「夕食よ」

櫻子は歌うように言った。

「いまは午後六時過ぎ。嵐じゃなければ、外は綺麗（きれい）な夕暮れの時刻」

「ここはどこなんですか？　海の近くなのはわかるんですが……」

「島よ」

櫻子はやはり、歌うように言った。透き通ったソプラノヴォイスのせいで、そんなふうに思ってしまうのかもしれない。容姿だけではなく、声まで美しい女だった。

「あなたは海で溺れているところを、偶然クルーザーで通った間宮に助けられたの。覚えてらっしゃらない？」

「はあ……なんとなく……」

嘉一にはまだ、記憶と向きあう気力が出ていなかった。ただ、海で溺れたのは覚えている。全裸で眼を覚ましたのは、海で服をすべて脱いでしまったからだ。服を着て水に浸かると体が異常に重く、パニックに陥りながら自分で脱いだ。

「小さな島だから住んでいるのはわたしたちだけ……」

櫻子が続けた。

「お客さまを招くことも滅多にないから、わたしも間宮も少し緊張してるの。ごめんなさいね」

なるほど、仏頂面の言い訳としては気が利いているが、額面通りに信用することはできなかった。

「島ということは、船じゃないと本土に戻れないですよね」

「そうね。嵐がやむまで船を出せないから……ご家族に連絡する？　携帯電話は通じるわよ」

「それはまあ、大丈夫なんですが……」

「ご家族、いらっしゃらないの？」

「はあ……」

「お仕事は？」

「無職のようなもので……」

あまりにだらしない境遇のせいだろう、櫻子と間宮は顔を見合わせた。

「どっちにしろ、嵐がやむまで、あなたはここにいるしかないわね」

嘉一は急に居心地が悪くなった。自分もここにいるしかないが、彼女たちもまた、招かざる客を滞在させるしかないわけだ。

「嵐がやんだら、間宮に送らせましょう。お財布もなくしちゃったみたいだから、お金も少し用立てないとね」

「申し訳ありません、なにからなにまで……」

嘉一は深く頭をさげた。金など用立ててもらわなくても、自力でなんとかできるだろうが、無下に断ることもない。

　間宮が肉の載った皿を運んできた。血のしたたる牛肉だった。ローストされた香ばしい香りが鼻先で揺らぎ、嘉一はついに空腹を耐えられなくなった。慣れないフォークとナイフを使って肉を切り、ひと切れ口に運んだ。肉の焼き加減がいいのだろう、素晴らしくジューシーで、濃厚なソースがさらなる食欲を生みだした。気がつけば、夢中になってガツガツと食べていた。

　それにしても……。

　このふたりはいったい、何者なのだろう？

　他に住人のいない孤島の家でたったふたりで住んでいるなんて、ただの金持ちではない。もちろん、金がなければそんなことができるはずもないが、相当な変人ということになる。

　人間嫌い、という言葉が脳裏をよぎっていった。

　そういうことを口にする者に会ったことがないわけではないが、いくらなんでも孤島にふたりきりというのは極端すぎる。

　しかも、夫婦にも親子にも見えない。

　燕尾服を着て食事をサーブしている間宮が執事だとすれば、櫻子がこの家の女主人ということになるのだろうか。となれば、職業はなにか？　天才的な株式のトレーダー、画家や小説家、特別金になる特許の持ち主……どれも彼女に相応しい感じはしなかった。金を生みだすイメージがわかないのだ。だからおそらく、資産家の令嬢というのが妥当なところだろう。

どういう事情かは知らないが、世間から隠れるように人の住んでいない孤島に家を建て、執事を雇って優雅に暮らしている……。

そこまではなんとなく理解はできても、間宮の立場がよくわからなかった。いくら金を貰って雇われていても、孤島で暮らすには覚悟がいる。世間から隔絶され、世捨て人のようにならなければならない。しかも、櫻子のような美女とふたりきりで、コスプレめいた執事の格好を強要され……。

男と女とはいえ、間宮と櫻子に生ぐさい関係を想像することはできなかった。まず年が離れすぎているし、体を重ねているなら当然漂っているはずの、親和的な雰囲気もない。

だが、直感でそう感じながらも、ふたりの存在が妙にエロティックなのも事実だった。とくに櫻子が放つ色香が尋常ではない。しかしそれは、どこか人間離れした色香のようにも思えた。たとえば人形に感じるエロスのようなものかもしれない。

そして間宮は、人形の家を飾る小道具のひとつ……渋面で黙々と食事をサーブする姿もまた、機械仕掛けの人形のように思えてならなかった。

3

食事を終えると、嘉一は部屋に戻された。

間宮が部屋まで送ってくれたが、見張られているようで不快だった。もちろん、正体不明の人間を家に泊めている以上、警戒するのは当然のことかもしれない。なにしろこの家には女と老人のふたりしかいないし、島には警察も警備会社も存在しないのだから、用心に用心を重ねるのは当たり前だ。

とはいえ、さも当然のように外から部屋に鍵をかけるのはどうかと思った。せめて警戒しなければならない事情を説明してくれれば、こちらとしても素直に受け入れられたのに、ひと言の断りもなくである。

「……まあ、いいか」

嘉一は苦笑をもらしてベッドに体を投げだし、眼を閉じた。満腹のせいで、すぐに睡魔が襲いかかってきた。

眠りは深かった。悪い夢も見なかった。眼を覚ますと深夜だった。この部屋には時計がないので時間はわからなかったが、体感的に朝まではまだだいぶありそうだった。

ベッドから起きあがり、足音をたてないように扉に近づいていった。ノブをまわしたが、やはり鍵がかかったままだった。

嘉一は海で溺れたとき、服と一緒に財布やスマートフォンも捨ててしまった。文字通り、生まれたままの姿で間宮に助けられたのだが、ひとつだけ体に残されていたものがあった。ピアスである。

安全ピンの形をしている。

それを耳からはずし、鍵を開けた。扉は重厚でも、鍵はアンティークだった。鼻歌まじりでも開けられる。

物音をたてないように注意して、部屋を出た。それもまた、嘉一にとっては慣れた作業だった。スリッパを履いて出るような、馬鹿な真似はしなかった。廊下の照明は消されていたので、聴覚に神経を集中させた。物音は聞こえてこなかった。それにしても暗すぎる。吹き抜けに続く階段に出ても、あたりは墨を流しこんだような真っ暗闇のままだ。

孤島に建った一軒家となれば、この家では自家発電をしているはずで、無闇に電力を消費できないのだろう。おまけに嵐の夜だから、月明かりさえ差しこんでこない。

これでは探索どころではなかった。うっかり物音でもたててしまえば、面倒なことになる。よけいな好奇心を働かせず、部屋に戻って寝直したほうがいいかもしれない。どうせ嵐がやめば、すぐに島から送りだされる。自分はほんの一時まぎれこんだ、迷い猫のようなものなのだ。

しかし……。

足の裏が一階の床に届いたところで、耳が異変を察知した。かなり遠いが、人のしゃべり声や息づかいが聞こえてくる。

嘉一はまだ、この家の構造をすべて把握していなかった。間宮や櫻子がどのあたりにある部屋で寝起きしているのか、見当さえついていない。だが、普通に考えて、嘉一のいる二階の部屋の並びか、リビングの奥にある一階の部屋だろう。

なのに、声や息づかいが聞こえてくるのは、下からだった。

この家には地下室があるのだろうか？

眼を凝らしてあたりをよく見渡すと、暗闇に一本の縦線を引いたような光が見えた。扉の隙間から光がもれているのだ。近づいていって、耳をすました。声はまだ遠かった。音をたてないように慎重に、そっと扉を開けた。やはり地下室があるらしい。そこからもれた灯りが、下に続く階段を照らしだしていた。

ゆっくりとおりていった。ある種の予感が体をこわばらせていたが、その予感のために踵(きびす)を返すこともできなかった。

真夜中に男と女が行なうことと言えば……。

客人に気づかれないように、地下室でこっそりとなにをしているのか？

答えを導きだすのは難しいことではなかった。

しかし、それが間宮と櫻子となると、行為をうまくイメージできない。櫻子が放つ色香は、セックスの生々しさとは微妙にずれていた。階段を一段おりるたびに、もれ聞こえてくる息づかいは荒々しくなり、淫らな行為に耽っていることは間違いなさそうだった。それでもまだ、彼女がセックスしていることが信じられない。

地下室の扉は、嘉一がいる部屋と同じような重厚な木製だったけれど、五、六センチほど開いていた。

まるでそこからのぞけと言わんばかりだったので、一瞬、罠かと身構えた。

だが、そんなことはあり得ない。嘉一が安全ピン一本で鍵を開けることができるなんて、ふたりが知るはずがないからだ。

息を殺して中をのぞきこんだ。

女の白い裸身が、眼に飛びこんできた。驚くべきことに、天井から両手を吊られていた。

女はもちろん、櫻子だった。手脚が長く、腰の位置が高い。そういうところはモデル体形と言っていいのに、乳房は砲弾状に迫りだしていた。ヒップのボリュームもすごい。

人形のような顔に似合わないくらい、体つきは凹凸に富んで生々しいくらい女だった。体を真っ直ぐに伸ばす状態で吊られているから、女体を彩る曲線をこれ以上なくはっきりと確認できた。

いくつもの蠟燭が灯されているのだろう、地下室は仄暗いオレンジ色に染まり、櫻子の白い裸身は汗でヌラヌラと濡れ光っていた。

赤い色がやけに眼についた。頭の上で両手首を縛っているロープ、閉じることを忘れたようにハアハアと息をはずませている唇、そして、悩殺的に迫りだした双乳の先端では赤い乳首が尖っている。

さらに……よく見ると、櫻子は素っ裸ではなく、赤いショーツを穿いていた。TバックにTフロント、つまり生地の面積が極端に小さいそれで、かろうじて女の恥部は隠されていたのである。

嘉一は一瞬、目の前の光景が現実のものとは思えなかった。

真夜中の地下室で女が裸で吊られている——誰だって、夢かまぼろしだと思うに違いない。

だが、それはやはり現実だった。

天井から吊られた櫻子のまわりを、燕尾服姿の間宮がゆっくりとまわっていた。カツ、カツ……と靴音を鳴らしながら、時折立ちどまって櫻子の顔をのぞきこむ。美しい顔まで汗まみれにした櫻子は、眼を伏せて間宮の視線から逃れようとする。固唾を呑み、長い睫毛を震わせる。

「くぅうっ！」

櫻子の顔が歪んだのは、左右の乳首をひねりあげられたからだった。見ている嘉一が戦慄を覚えてしまうほど、間宮の指先には力がこめられていた。ちぎれてしまうのではないかと思ったくらいだ。

それでも櫻子は悲鳴をあげず、歯を食いしばって痛みをこらえている。間宮はその顔を至近距離からまじまじと眺めながら、さらに乳首をひねりあげていく。櫻子の美貌が歪む。

次の瞬間、乳首から指を離して、乳房全体を愛撫しはじめた。汗にまみれ、ヌラヌラと濡れ光っている肉の隆起を、爪を立ててくすぐっていく。ねちっこくそれを続けては、再び乳首をひねりあげる。

「くぅうっ！　くぅううっ……」

櫻子の歪んだ顔が、みるみる紅潮していく。耳、首筋、さらには胸元まで生々しいピンク色に染めて、苦悶のうめき声をもらす。乳首をひねりあげられたときより、くすぐられているほうがつらそうだ。痛みより掻痒感のほうが声をこらえるのがきつい、ということか。

いったいなにをやっているのか、嘉一は混乱していくばかりだった。

櫻子が裸身をさらし、乳首を刺激されるようなことをしていても、セックスの一環には見えなかった。これではセックスというより折檻、あるいは辱めだ。間宮の険しい表情から伝わってくるのは、女体への興奮ではなく、憤怒や憎悪のようなものばかりである。

「若い男に色目を使いやがって」

間宮は、汗まみれの櫻子の顔に息を吹きかけながら言うと、彼女の赤いショーツをぎゅうっと引っ張り、股間に食いこませた。

「あああっ！」

櫻子はさすがに声をあげた。乳首をひねりあげたときと同様に、間宮のやり方には容赦がなかった。赤いショーツはTフロントなので、引っ張りあげられると両脇から黒い繊毛がはみ出した。それほど食いこまされると、ショーツの生地はおそらく、敏感なクリトリスをしたたかに刺激していることだろう。

間宮は女体を嬲るように、クイッ、クイッ、とリズムをつけてショーツを引っ張り、さらに深々と食いこませていく。

「あの男に抱かれたいか？」

「ううう っ……くぅううう ーっ！」

櫻子は紅潮した顔をくしゃくしゃに歪めて首を振った。長い黒髪がざんばらに乱れ、まるで嵐の海のようにうねうねと波打つ。

嘉一の心臓は、にわかに早鐘を打ちはじめていた。間宮が言う「若い男」というのが、自分のことに違いなかったからだ。つまり間宮は、自分に嫉妬して櫻子を責めているのか。色目を使われた覚えなどまるでないが……。

「どうなんだ？」

間宮は執拗に赤いショーツを引っ張りながら、乳首もひねりあげていく。

「あああーっ！」

櫻子が悲鳴をあげて身をよじる。豊満な乳房を揺れはずませ、くびれた腰をくねらせて、なにかをこらえるように足踏みをする。まるでとびきりセクシーなダンスを踊っているようだが、ぶるぶると震えている肉感的な太腿からは、切迫感ばかりが伝わってくる。

「いい格好だな。こんなところをあの男が見たら、なんと言うだろうな。いまから呼んできて、見せてやろうか」

「いっ、いやっ！　いやあああっ……」

櫻子は必死に首を振りながらも、ダンスを踊るのをやめることがない。間宮が、ショーツを引っ張りあげるのをやめないからだ。

4

やられているのは愛撫とはとても呼べない折檻じみたことなのに、嘉一の眼には、櫻子が興奮しているように見えた。

人形のような顔が発情しきっていた。眉根を寄せ、細めた眼を潤ませ、小鼻を赤く染めて、閉じることのできなくなった口でハアハアと息をはずませている。

「いやらしい女だ」

間宮は吐き捨てるように言うと、赤いショーツから手を離し、なにかを手にした。電気マッサージ器＝電マだった。もともとマッサージのために開発されたものらしいが、いまではセックスの小道具としてのほうがよく知られている。嘉一は使ったことがないけれど、その刺激は子宮まで振動させるほど強烈らしく、女はやみつきになるという。

スイッチが入れられると、ブーンという重低音が響いた。

櫻子は眼を見開き、息を吞んでいる。その顔は、電マの刺激を知っている顔に違いなかった。

電マのヘッドが股間に押しあてられると、

「あああーっ！」

櫻子は白い喉を突きだして悲鳴をあげた。その声音は、いままでとはあきらかに違っていた。それもそのはずだった。いくら力をこめてやっていたとはいえ、ショーツを食いこまされるのと電マでは、刺激の質も量もまったく異なるに違いない。

「あああっ……はぁあああああーっ！」

櫻子は肉感的な太腿を震わせ、情けなく腰を引いた。強すぎる刺激が耐えがたいようだった。

だが、間宮に逃がすつもりはないようで、後ろにまわりこんでしつこく股間に電マをあてる。腰を引こうとしても、後ろから身を寄せられていてはそれもままならない。

「ああっ、いやあっ……いやあああっ……」

悶絶する櫻子をさらに追いつめるように、間宮は彼女の腋窩(えきか)に舌を這(は)わせる。汗を拭うように舐めまわしては、コチョコチョコチョと舌先でくすぐりまわす。

「あああああーっ！」

櫻子は泣き叫び、激しく身をよじったが、無駄な抵抗のようだった。櫻子が暴れはじめると、間宮は彼女の片脚を後ろから持ちあげた。無防備になった股間に、電マのヘッドが這いまわる。見るからに、その振動はすさまじい。

櫻子は一瞬、声も出せなくなり、ガクガクと腰を震わせた。腹筋に力がこもっていた。なにかの前兆のように、全身がこわばっていく。

「ダッ、ダメッ……イッちゃうっ……そんなにしたらイッちゃうっ……」

櫻子の声はひきつっていたが、甘い媚びを含んでいた。彼女がオルガスムスに達する瞬間を見逃すまいと、嘉一は眼を見開いた。異常な状況に戦慄しつつも、男なら誰だって、櫻子のような美女がイクところを見たいと思うだろう。

しかし、櫻子は絶頂に達することができなかった。

間宮が唐突に、電マを股間から離したからだ。

「あああっ……」

櫻子のもらした声はやるせなさに満ち、眼尻を垂らした表情には浅ましさだけが浮かんでいた。

イキたかったのだろう。嘉一の眼には辱められているようにしか見えなかったが、それでも股間に電マをあてられれば肉体は興奮する。興奮した肉体は、当然のように絶頂を求める。

「いやらしい女だな……」

間宮は再び櫻子の前にまわりこむと、電マを右手から左手に持ち替え、空いた右手でなにかをつかんだ。黒くて長細い棒だった。先端が平べったくなっている。これはまさか、乗馬用の鞭……。

櫻子の顔がひきつる。濡れた瞳に恐怖が浮かぶ。

「そう簡単にイカせるわけがないだろう。あの男に色目を使った罰だ……」

ビュンと風を切る音をたてて、間宮が乗馬鞭を振るった。先端の平べったい部分が櫻子の丸い尻をしたたかにとらえ、乾いた打擲音が鳴る。

「ひぃいいいーっ！」

櫻子が悲鳴をあげ、嘉一は思わず眼をそむけた。

いままでもそうだったように、間宮のやり方には容赦がなかった。鞭が空気を切り裂く音にも、先端が尻にヒットした音にも、本気が滲んでいた。本気で女体を痛めつけようという、残忍な意志を感じた。

しかし、真に驚愕しなければならなかったのは、櫻子のほうかもしれなかった。馬を調教する鞭で尻を叩かれ、悦んでいた。いやもちろん、断末魔のような悲鳴をあげ、吊られた裸身を滑稽なほどジタバタさせているのだが、嘉一の眼にはそう見えた。

彼女が人並みはずれて美しいからだろうか。振り乱す長い黒髪は凄艶で、汗まみれの裸身は視線を釘づけにする魅惑に満ちていた。乗馬鞭が尻にあたれば美貌は歪むものの、次の瞬間、淫らとしか言いようのない表情になった。それは女が絶頂に達したあとに披露する、放心状態そのものだった。恍惚（こうこつ）の表情と言ってもいい。瞳をねっとりと潤ませ、けれども眼の焦点は合わず、ハアハアとはずませる吐息が桃色に色づいているように見える――そんな表情を、叩かれるたびに見せるのだ。

「まったく反省の色がないな……」

間宮は忌々しげに唇を歪めると、左手に持っていた電マのヘッドを、櫻子の股間にあてがった。

「あううううーっ！」

櫻子が天を仰いでのけぞる。両脚をX字にさせて太腿をこすりあわせる。そんなことをしたところで、電マの激しい振動は子宮まで震わせる。股間を電マで責められながら、尻を乗馬鞭でしたたかに叩かれ、激しいまでに身をよじる。

両手を天井から吊られているので、その姿はまさに、釣りあげられたばかりの魚だった。ビクビクと跳ねても、決して逃れることはできない。

彼女がどんな気分でいるのか、嘉一には想像することも難しかった。痛みと快感を同時に与えられ、しかもどちらもかなり強烈な刺激なはずだった。

嘉一のいる位置から尻の状況がつぶさにはうかがえなかったが、鞭を振るわれている音から察するに、すでに白い尻丘は赤く腫れあがっているだろう。一方の快楽だって相当なはずだ。なにしろつい先ほど、絶頂寸前まで追いつめられていたのだから……。

それにしても……。

そもそもこれはなにを目的にした行為なのだろう？　櫻子を折檻し、辱めているだけには見えないし、快楽を与えるためにしてはアブノーマルすぎる。彼と彼女は揃って変態性欲者であり、その欲望を満たすためにたったふたりで孤島に住みついているということなのか？

「あああああーっ！　はぁあああああーっ！」

櫻子のあげる悲鳴は次第に、あえぎ声を彷彿させるものになっていった。痛みより快楽が勝っているということだろう。いや、痛みさえ快楽としてとらえることが、彼女にはできるのかもしれない。

あえぎ声はやがて、荒ぶる呼吸に乗ってリズムを刻みはじめた。そのリズムが全身に伝播していき、腰をくねらせ、足踏みが始まる。

やがて、X字に閉じていた両脚が、じわじわと開いていった。

電マの刺激を呼びこむために、そうしているようだった。無残なガニ股が、正視に耐えがたいほど卑猥だった。おまけにその格好で、腰まで振りはじめた。それを披露しているのは、場末のストリッパーではなかった。かつては深窓の令嬢だったと思わせる麗しい美女が、絶頂欲しさにどこまでも醜態をさらしているのである。

「ダッ、ダメッ……ダメようっ……」

ガクガクッ、ガクガクッ、と腰を動かしながら、櫻子が泣きそうな顔になっていく。表情とは裏腹に、ガニ股はどんどん開いていき、股間の奥まで電マのヘッドを呼びこもうとする。

「イッ、イッちゃうっ……もうイキッそうっ……」

涙眼を間宮に向けて哀願すると、間宮は電マのヘッドを股間から離した。乗馬鞭を振りたてて尻を叩き、太腿も叩く。汗まみれで揺れはずんでいる乳房にまで、平べったい先端をヒットさせる。もはや滅多打ちである。

「ああああーっ！　ああああああーっ！」

快楽を取りあげられ、痛みだけに翻弄された櫻子は泣き叫ぶが、間宮は再び電マのヘッドを股間にあてる。櫻子の顔が喜悦に歪む。しかし、イキそうになれば再び鞭打ちだけにさらされる。

「むうっ　むうっ！」

白髪を乱し、顔を真っ赤に上気させて鞭を振るう間宮は、さながら女という生き物に怨念を抱いた鬼だった。

ひん剝いた眼をギラギラと血走らせ、櫻子の昂ぶりを見極めては、絶頂寸前で彼女を宙づりにする。決してオルガスムスを与えないまま、そのぎりぎりの瀬戸際まで追いこんでは、嵐のように鞭を振るう。

　そんなことが、延々と繰り返された。櫻子の内腿には、陰部から漏らした蜜が幾筋にも垂れていた。股間はまだ真っ赤なショーツに覆われたままなのに、その有様だった。

　失禁したように濡らしているのは間違いなかった。鞭と電マ――愛の行為と呼ぶにはあまりにもおぞましい行為によって、櫻子は発情しきっている。

「ねえ、お願いっ……もうイカせてっ……イキたいのっ……もうイキたいのっ……ねえっ……ねえっ……おっ、お願いしますうううーっ！」

　その絶叫はあまりにも切実で、聞いている嘉一は胸を締めつけられた。イキたくてもイケない状況というものは――セックスに渇くというのは、性差に関係なく誰にだって切実な問題に違いない。

　しかし、櫻子の場合は、切実であると同時に途轍もなくエロティックだった。淫らで卑猥でいやらしかった。虚飾のいっさいない剝きだしの欲望というものが存在するとすれば、いま彼女が体現しているものがそれだった。

第二章　手をほどいて抱いて

1

翌朝——。

嘉一は眼を覚ますとまず、カーテンを開けた。

嵐は過ぎ去ったらしく、空は青く晴れ渡っていた。雲ひとつない。しかし、海にはまだ、白い波が立っていた。かなりの高波に見える。船が出せるかどうか嘉一には判断できなかったが、とりあえず嵐が去ってくれたのはありがたい。

部屋の扉には鍵がかかっていた。

もちろん、ゆうべ戻ってきてから自分でかけ直したのだが、間宮が外から開けてくれるまで待っているしかなかった。

ベッドに腰かけてぼんやりしていると、やがて、カツ、カツ……と足音が聞こえてきた。鍵が開けられ、扉が開き、燕尾服姿の間宮が現れた。

「食事だよ」

相変わらずの仏頂面でそれだけ言い置くと、扉を開け放ったまま踵を返した。嘉一はその後に続いていく。廊下は相変わらず暗かったが、吹き抜けのリビングダイニングには大きな窓から朝陽が燦々と差しこんでいた。

ゆうべは嵐だったので、鎧戸を閉めていたのだ。それを開け放つと、蠟燭で灯りをとっていたときとはまったく雰囲気が違い、海辺に建つ洒落た一軒家レストランのようだった。

「おはようございます」

すでに席に着いていた櫻子が挨拶してくれる。その表情まで明るく見えたのは、さわやかな水色のドレス姿だからだろうか。

とはいえ、重厚感のあるアンティークな調度はそのままだし、なにより燕尾服を着た仏頂面の執事がいるので、リゾート気分とは程遠い。嘉一は重苦しい気分を顔に出さないように注意しながら、櫻子の前の席に腰をおろした。

トーストラックに立てられた焼きたてのパンと、銀細工も仰々しいバターケースが運ばれてきた。飲み物は、香り高い紅茶だった。どうやら、昨日からのゲームは続いているようだったが、騙されてはいけなかった。

澄ました顔で紅茶を飲んでいる櫻子も、淡々と料理を運んでくる間宮も、気取り倒した仮面の下に、とんでもない闇を抱えている。

櫻子のドレスは長袖だったが、ティーカップを持ちあげると袖からチラリと手首がのぞいて、赤い痣がはっきりと見えた。ゆうべ、ロープで吊りあげられていたときにできた痣に違いなかった。

嘉一は朝方までまんじりともせず、ひどく悶々とした気分のまま、ふたりの関係について考えていた。

表層的には、櫻子が主人、あるいはかつてこの家の主人だった富豪の令嬢で、間宮が執事のように見える。だが、真夜中の地下室では、主従がすっかり入れ替わり、櫻子は裸に剝かれてひどい辱めを受け、間宮は鞭や電マを使って好き放題に彼女を嬲りものにしていた。

いったいどういうことなのか？

いくら考えても、ふたりの間に恋愛関係があるとは思えなかった。まず年齢があまりにも違う。いくら年の差婚がもてはやされている昨今とはいえ、櫻子は普通に見て二十代後半、下手をすれば二十三、四歳の可能性もあり、対する間宮はあきらかに老境が近い。ゆうに還暦は超えているように見える。そんな男女が恋愛関係を結べるとは思えないし、そもそも恋愛関係にあるなら裸で縛りあげたり、鞭で叩いたりしないだろう。

となると……。

行きつく先は、あまり想像したくないものだった。

たとえばこの家の本当の主は間宮であり、櫻子はなんらかの理由で、無理やりお姫さまを演じさせられているのだとしたら……。

その仮説は、奇妙なほどのリアリティをもって嘉一の心を揺さぶった。

おそらく、間宮のキャラクターのせいだろう。無口で無愛想な彼から伝わってくるのは、強烈な倦怠感だった。世の中のあらゆることに飽きあきし、退屈しきっている——食うや食わずの貧困にあえいでいる者には決して纏うことができない、独特の退廃的なムードが彼には備わっている。

腐るほど金を稼ぎ、スーパーカーから巨匠の絵画まで欲しいものはすべて手に入れ、世界を飛びまわって美食の限りを尽くし、あらゆる人種のいい女とやりたいだけセックスをして、欲望そのものが枯れてしまった。もはややりたいことなどなくなってしまい、自死すら考えるほど、救い難い倦怠感にとらわれてしまっている——。

そんな男が、この世界と切り結ぶために最後に考えた一手が、この生活なのだとしたら……。

孤島を島ごと買い、趣味に即した家を建て、美しい女とふたり、浮き世離れした芝居を演じつづけることだったとしたら……。

問題は、島や家、クルーザーなどは金を積めば手に入れることができるけれど、それに見合った美女はそういうわけにはいかないことだった。人生に倦んでしまった老人はむしろ、自分になど洟も引っかけないタイプの女を求め、それを手に入れるために、犯罪的な行為に手を染めたのではないだろうか？

誘拐、拉致、人さらい……呼び名はなんでもいい。間宮は法律的にも道徳的にも決して許されない方法で、櫻子をこの家に監禁した。そして、夜ごとの調教で、逃れられない性の奴隷にしてしまった。

もしかすると、行為を撮影した画像や動画などで、脅しているのかもしれない。その可能性はかなり高い。だが、ああいう異常な行為は、それ自体に中毒性があるような気もする。麻薬と一緒で、その快感を知ってしまえば、簡単には逃れられない……。

なにしろ、ゆうべのぞき見た光景は、にわかに忘れがたいほど衝撃的なものだった。

「イカせてっ！　もうイカせてくださいいいーっ！」

大粒の涙をボロボロと流しながら哀願する櫻子を、間宮はなおも焦らしつづけた。その執拗さは戦慄を誘うほどで、嘉一は実際、体の震えがとまらなかった。右手に持っている電マをほんの一分くらい、股間にあててやれば櫻子はあられもなくゆき果てたことだろう。指でクリトリスをいじるだけでも、三分ともたなかったに違いない。

なのに間宮は、櫻子がイキたがるほどに鞭を振るった。尻や太腿や乳房をしたたかに叩いては、乳首をひねりあげた。汗と涙と涎でぐちゃぐちゃになった顔を、鷲づかみにして揺さぶった。ざんばらに乱れた髪にも、同じようなことをしていた。

それでも、櫻子は発情しつづけ、泣きじゃくりながらオルガスムスをねだりつづけた。

「ああっ、イカせてっ！　なんでも言うことをきくから、電マをあててっ！　オマンコに指を突っこんで掻き混ぜてっ！　クリをつまんでっ！　潰れるくらい痛くしてっ！　イカせてくれないならもう殺してっ！　いっそ殺してちょうだいいいいーっ！」

櫻子の声音と台詞は痛々しくなっていくばかりで、嘉一は胸を締めつけられた。櫻子はもはや、人間ではなかった。獣の牝ですらなく、ただ一個の発情の塊がそこに吊られている、という感じだった。

どこまでも浅ましく、滑稽で、正視に耐えられないほど醜悪だった。

けれども嘉一は、痛いくらいに勃起していた。これ以上興奮をそそる絵図というのを、いままで見たことがなかった。それはセックスに至る前の単純な興奮とは少し違い、胸の奥底に眠っていた暗い欲望までえぐりだされるようなものだった。はっきり言って、勃起していることが怖かった。

その一方で、間宮からは興奮がまるで伝わってこなかった。たしかに、白髪を振り乱し、顔を鬼のように赤くしているのだが、行為はどこか粛々として、厳格ささえ感じられた。

不思議だった。普通、櫻子ほどの女を裸に剝き、好き放題に嬲れるとなれば、男なら卑猥な笑いのひとつもこぼすのではないだろうか。間宮の表情は、ずっと険しいものだった。しかも燕尾服を着たまま、額や首筋に汗が浮かんでも上着すら脱がなかった。普通なら、とまた思ってしまった。女を責めるだけではなく、自分も愛撫を受けたくなるのではないだろうか。イカせてほしいとねだられたならペニスをしゃぶれなどと命令し、ふやけるくらいに舌を使わせたりするのではないか。

いや……。

たいていの男なら、あそこまでいい女が発情しきっていれば、放っておけない。自分のほうが我慢できなくなる。勃起しきった男根でしたたかに貫き、ひとつになって腰を振りあう。櫻子はきっと、半狂乱になって何度も何度もイキまくる。なのに、間宮は結局、最後まで燕尾服を脱ぐことがなかったのである。

「晴れてしまったわね……」

櫻子の声で、嘉一はハッと我に返った。

「わたし、晴れた日より、雨の日のほうが好き。嵐の日はもっと好き……」

ぼんやりと窓の外を眺めながら、独りごちるように言う。

間宮が紅茶のおかわりを運んできたので、

「今日はもう、クルーザーを出せますよね」

嘉一は訊ねてみた。

間宮は立ちすくんだまましばし逡巡し、

「空は晴れてても、海はまだしけてる。船は出せない」

ひどくつまらなそうに吐き捨てた。

「残念ね」

櫻子もニコリともせずに言った。

「でも、せっかくだから、バカンスだと思ってのんびりしていけばいいじゃない。あとで間宮に島を案内してもらえばいいわよ」

2

食事を終えた嘉一は、部屋で休憩していた。

そのうち、間宮に声をかけられ、外に出ることになった。

スリッパではさすがに心許なかったから、長靴を借りた。アウトドア用の立派なものだったので、岩場でも歩きやすそうだった。

風が強く吹いていた。

なるほど、これでは雲ひとつない快晴でも波が高いはずだ。

家は高台に建っていた。三角屋根の洒落た洋館だったが、外から見るとそれほど豪邸というわけでもなかった。嘉一は戸建ての間取りに詳しかった。建坪五十坪の４ＬＤＫと踏んだが、なにしろオリジナリティがありすぎる家なので、部屋数は自信がなかった。

「島を案内すると言っても……」

間宮が先を歩きながら言った。

「見るところなんてほとんどないよ。道がないからね」

燕尾服に黒い革靴のまま外に出てきた間宮は、足元を気にしていた。舗装されていない土の道だから、靴が汚れるのが気になるのだろう。百メートルほどの坂道をくだりおえるまでに、三回も立ちどまってハンカチで靴の埃(ほこり)を払っていた。

「道がないというのは、最初からですか？」

嘉一は眼下の海を見下ろしながら言った。坂を最後までくだってきても、まだ崖の上にいるような眺めだった。足元がゴツゴツした剝きだしの岩肌で、船着き場に行くには、さらに階段をおりていかなければならないようだ。

「手つかずの無人島に建てた家だからね。道が必要なら自分たちでつくらなければならない。道をつくるというのはあんがい面倒なものなんだよ。そもそも、つくったところで必要もないしね」

「じゃあ、この島にあるのは、いま歩いてきた道だけ……」

「そうだ。島を見てまわりたかったら、ひとりで行ってくれたまえ。まあ、一時間もあれば一周できる。道があれば十五分だろうが」

「遠慮しときます」

嘉一は首を横に振って断った。道なき道を虫や蛇に往生しながら探検する趣味はない。

「それにしてもすごい眺めですね」

眼下の海を眺めて深い溜息をつく。

嵐の余韻で荒れている海は轟々と鳴り、近くで見ると岩に砕ける白い波にもかなりの迫力があった。おまけに風も強い。話をするにも、いちいち声を張らなければならない。

「ここは潮の流れが特別に速いのさ。落ちても死体はあがらない」

唐突に物騒なことを言いだした間宮に、嘉一は眉をひそめる。

「以前、物盗り目当ての男がこの島にやってきたことがあるんだ。あの家は海から見るとけっこう目立つからね。警察もいないし、楽に強盗が働けると思ったんだろう。残念ながら、そうはいかなかったがね。私は猟銃を構えて迎え撃った。空に向かって一発撃っただけで男は腰を抜かして逃げだした。私は追いかけたよ。殺してやろうとか捕まえてやろうと思ったわけではない。船に乗って島から出ていくところを見送ることができればそれで充分だったが……男の姿は見当たらなくなっていた。隠れようと思えば隠れるところはいくらでもあるとはいえ、それほど時間は経っていなかった。たぶん、そこから落ちたんだ」

間宮が足元を指差したので、嘉一はドキリとした。

「何日経っても死体は浮いてこなかったがね。他に考えられない」

「警察は呼んだんですか？」

間宮は不快そうに眉間に皺を寄せた。

「そんな面倒なこと、するわけないじゃないか」

「船はどうしたんです？　男が乗ってきた船は……」

「エンジンをかけて出ていってもらった。無人のままね。どこに行ったかは知らない」

ひどい話だった。たとえ相手が盗人とはいえ、あまりにも非情ではないか。

「本当は、あなたが殺したんじゃないですか？」

嘉一は苦笑まじりに言った。

「あなたがその男を猟銃で撃って、ここから海に落とした……」

半ば冗談のつもりだったが、間宮は笑わなかった。それは想定内だったが、唇を引き結んでしばらくの間じっと黙っていた。意味ありげに眼を泳がせながら……。

「まさか……本当に……」

「だったらどうする？」

こちらを見た間宮の眼が、闇の深淵をのぞきこむようなものだったので、嘉一の背筋はゾクリと震えた。

「チンケなコソ泥がひとり、海に沈んで死んだ。その体に鉛の弾が埋まっていようがいまいが、どうだっていいことじゃないか」

彼もまた冗談を言っているに違いなかった。さすがに本当に殺しているわけがない。そう確信していても、間宮の表情があまりに深刻なので、嘉一は笑うことができなかった。

3

深夜になった。

二、三時間、眠っていただろうか。朝まで眠れるのならそれでもよかったが、やはり眼が覚めてしまった。
眼が覚めてしまったからにはやらなければならない。嘉一はベッドからむくりと起きだし、服を着た。

間宮は不思議な男だった。彼が漂わせている倦怠感には、畏怖を覚えると同時に、惹きつけられるものがあった。おそらく、嘉一の中にもそれがあるからだろう。間宮とは意味が違うけれど、嘉一も世を倦んでいた。自分の人生にうんざりし、生きていくことに飽きあきしていた。

もうひとりの櫻子という女にも、興味が尽きなかった。あれほど発情し、あれほど切実にオルガスムスを求める女の姿を見たことがなかった。いまもまだ脳裏にくっきりと残り、しばらく忘れられそうにない。

だが、嘉一は偶然この島に流れついただけだ。この島を出ていってしまえば、それきり二度と会うこともないだろう。ふたりとはただ、すれ違っただけ。いままで関係なかったように、これからも関係ない。

そう、関係ないのだ。

カーテンを開けると月が出ていた。おあつらえむきに満月だ。

重厚な木製の扉には、相変わらず鍵がかかっていた。耳から安全ピン形のピアスをはずし、鍵穴を探る。それほど集中しなくても、カチリと音がしてドアノブを引けるようになる。こんなもの、ピッキングのうちにも入らない。

暗い廊下を抜けると、リビングには月明かりが差しこんでいた。窓が大きいからかなり明るい。物音はしなかった。足音を殺して階段をおりていき、耳をすました。かすかな息づかいやうめき声が、鼓膜を震わせる。地下室では、今夜も破廉恥パーティが開かれているようだ。それを尻目に、キッチンの奥にある部屋を目指す。夕刻、風呂を借りたとき、その部屋の存在に気づいた。二階にも部屋があるが、どうやらそこが間宮の生活空間らしい。

扉に鍵はかかっていなかった。

書斎のようなスペースで、造りつけの本棚が眼を惹いた。それを背にして、木製のデスクと黒革張りの椅子がある。ブラケットライトはついていなかったが、白いレースのカーテン越しに月明かりが差しこんでいる。

嘉一は物音をたてないように注意しつつ、部屋の中を確認していった。本棚にざっと眼を走らせる。文学書や美術書が多い。続いて、クローゼットの扉を開けた。書類が入っていると思しき封筒が乱雑に積みあげられていたが、その下に銀色の金庫が見えた。

いきなりビンゴである。

アンティークな部屋の雰囲気にそぐわない、最新式の耐火金庫であるところが心を躍らせる。さすがに生命線になる現金やそれに準じる有価証券や土地権利書は、見かけ倒しの金庫に保管する気にはなれないらしい。どのくらい貯めこんでいるのか？　数千万？　あるいは数億？

もちろん、心が躍ったのは一瞬だけのことだった。この金庫にかなりの財産が保管されていることは間違いなさそうだったが、ゆうに三百キロはありそうな鉄の塊である。ひとりで運びだすことは難しいし、もちろん、安全ピン一本では鍵を開けることもできない。

「……ふうっ」

深い溜息がもれた。

昼間、間宮と外に出たとき、長い階段をおりて船着き場まで見学させてもらった。クルーザーは予想以上に豪華な代物で、十人規模の船上パーティが開けそうだった。大きいということは、操縦も難しいのだろう。

嘉一はエンジン付きの船を動かしたことがなかった。しかし、大金が盗めるのであれば、賭けてみる価値はある。ここは孤島だが、太平洋の真ん中にあるわけではない。おそらく、一時間も走らせれば本土の陸地が見えてくる。

いや……。

実のところ、本気でそんなことを考えていたわけではなかった。たとえ現金を剝きだしで発見したとしても、運転したこともないクルーザーで夜の海に出ていくなんて無謀すぎる。

にもかかわらず金目のものを物色してしまったのは、間宮を出し抜いてやりたかったからだ。あの鉄仮面を焦らせてやりたい。全財産を根こそぎにしてやれば、あんな男でも焦るに違いないが……。


結局、なにもできないまままその部屋を後にした。

いまの自分にできることは眠りにつくことだけだという諦観だけが、胸の内を支配していた。

明日になればきっと、海は穏やかさを取り戻し、クルーザーで島を出ていくことが可能だろう。ならば、よけいな悪戯をして、間宮の機嫌を損ねることは得策ではない。金を盗むのが難しいとわかった以上、この島に留まっている理由もない。さっさと出ていき、ふたりのことなど忘れてしまったほうがいい。

そう思っているのは嘘ではなかったが、地下室に続く扉の前まで来ると、相反する欲望がむくむくと頭をもたげてきた。

ゆうべと同じように、扉の隙間からひと筋の光がもれていた。耳をすませば、気配も伝わってくる。つまり、ゆうべと同じことが、今夜も地下室で繰りひろげられているわけだ。

もう一度のぞき見ることに、意味があるとは思えなかった。それでも嘉一の手はノブをつかんで扉を開け、足は階段をおりていく。次第に生々しくなっていく気配に息をつめ、鼓動が乱れきっていく。

今夜もまた、地下室の扉は少しだけ開いていて、中をのぞくのは造作もなかった。まるで再現フィルムでも見ているように、真っ赤なロープで手首を縛られ、天井から吊るされている裸の女が眼に飛びこんできた。

体中の素肌という素肌が汗まみれなのも、美貌を上気させてハアハアと息をはずませているのも、ゆうべと一緒だった。ただ一点、ショーツの色だけが赤から白に変わっていた。

いや……それはショーツではなかった。よく見ると、褌だった。それに気づいた瞬間、嘉一は勃起していた。西洋人形のような気品のある美貌をもち、手脚の長い凹凸に富んだスタイルの持ち主である櫻子と、白い薄布が股間にぴっちりと食いこんだ褌の組み合わせは、いかにもミスマッチで、それゆえにぞくぞくするようなエロスを放射していた。

「ああっ、いやっ……あああっ、いやあああっ……」

両手を吊られた状態で身悶えている櫻子は、責められていたわけではなかった。燕尾服姿の間宮はすぐ側に立っていたが、ゆうべのように電マや乗馬鞭を使っているわけではない。

乳首をひねりあげているわけでもなく、指一本触れていない。

にもかかわらず、櫻子は身をよじって身悶えている。裸身をくねらせているだけではなく、砲弾状に迫りだした双乳を揺れはずませ、肉感的な太腿をこすりあわせて、きりきりと眉根を寄せていく。

褌の前袋になにかが入っていると、やがて気づいた。おそらくローターだ。耳をすますと、櫻子の呼吸音に混じって、ジジィー、ジジィー、という振動音が聞こえた。褌の前袋に無線タイプのローターが仕込まれ、股間に絶え間なく振動が送りこまれているのである。

「ああああっ……はぁあああっ……」

指一本触れられなくても、櫻子の呼吸は切迫していく。全裸に白い褌一丁という、ある意味、滑稽な姿で辱められているのに、笑い飛ばすことができないような色香を振りまいている。地下室の部屋は蠟燭の灯りがあるだけにもかかわらず、彼女のまわりだけ、桃色のオーラで輝いているようだ。

「いっ、いやっ……いやあああっ……」

髪を振り乱し、足踏みをした。

「イッ、イッちゃうっ……イッちゃいますっ……」

「まったくいやらしい女だなあ……」

間宮が鬼の形相でギロリと眼を剝いた。

「勝手にイクのは許さないって、何度言ったら……」

ゆうべも使っていた乗馬鞭を手にした瞬間だった。視線がこちらに流れてきて、嘉一と眼が合った。

4

時間がとまってしまった感覚があった。

間宮は不思議そうな顔をしながらこちらに近づいてくると、木製の扉を開けた。部屋の中を照らしている蠟燭の灯りが、嘉一の顔も照らしだす。

「どうやって部屋の鍵を開けたのか知らんが……そんなところからのぞいているなら、中に入ってじっくり見たらどうだい」

嘉一は動けなかった。間宮が後ろにまわりこんで背中を押してきた。樱子とも眼が合った。もともとぱっちりした大きな眼を、眼尻が切れそうなほど見開いていた。頰をピクピクと震わせながら息を呑み、

「いっ、いやあああああーっ！」

喉も裂けんばかりに悲鳴をあげた。

「見ないでっ！　見ないでっ！　でっ、出ていってちょうだいっ！」

気持ちはよくわかった。嘉一にしても、見てはならないものを見てしまった感覚があった。裸で天井から吊られ、褌を締めているのだ。褌の前袋にはローターが仕込まれ、絶頂寸前まで発情しているのである。世にアブノーマルプレイはあまたあれど、ここまで見られて恥ずかしい姿というものもそうはないだろう。

「静かにするんだ」

ビシッ、と音をたてて間宮が櫻子の尻を乗馬鞭で叩く。

「ひいいっ！」

「これがおまえの本性なんだ、いまさら恥ずかしがってもしかたないだろう」

「ひいいっ！　ひいいいーっ！」

続けざまに尻に鞭を受け、櫻子は暴れる。

「こういう女なのだよ、彼女は……」

間宮が嘉一を見て言った。

「キミの前では澄ました顔をして紅茶を飲んでいても、本当は恥ずかしい目に遭わされれば遭わされるほど興奮してしまう変態性欲者……恥ずかしいのと同じくらい、痛いのも好きなのさ。痛さと快感のマリアージュで、夜ごと我を忘れるほどイキまくってる……」

ビュン、と鞭が風を切り、櫻子の尻をしたたかに叩く。櫻子がのけぞって悲鳴をあげる。間近で見ると、間宮のやり方は本当に容赦がなかった。乗馬鞭の先端は名刺くらいのサイズの平べったい革がついているから、櫻子の尻には焼き印を押されたような赤い痣ができている。尻が惚れぼれするくらい丸くて白いので、よけいに赤い痣が痛々しい。

「キミもやってみるかい?」

間宮が乗馬鞭を差しだしてきたが、嘉一は顔をこわばらせることしかできなかった。

「やってみればいいのに。いまならこの女は、なんでも言うことをきくぞ。イカせてもらえるなら、どんなことでも受け入れる。チンポを舐めろと言えば舐めるし、小便を飲めと言えば飲むだろう。犬の真似をさせたっていい。尻尾を振れと言えば尻尾を振る。もちろん、人間に尻尾はないから、細工が少々必要だ。あれを突っこんでやればいい」

間宮の視線の先には、青錆の浮かんだ鉄製の小さなテーブルがあり、黒い漆塗りのケースが置かれていた。内側には真っ赤なセーム革が張られて、まるで高級葉巻でも並べるように、十数本のヴァイブが収まっていた。チェリーレッド、バイオレットブルー、ショッキングピンク……色も毒々しければ、形も男根そのものよりずっとグロテスクなイボや玉がついて、おまけに呆れるほどに長大だった。セックスの道具にしては、あまりにも禍々しい姿をしていた。

呆然としている嘉一を尻目に、

「それじゃあ、ゆっくりしていきたまえ」

間宮はいつも通りの仏頂面で言い置くと、部屋から出ていってしまった。カツ、カツ……という足音が遠ざかっていき、やがて階上の扉が閉まる音が聞こえた。

嘉一は立ちすくんだまま動けなかった。

間宮の行動の真意がわからない。ここでゆっくりして、いったいなにをしろというのだろう？　のぞいていたことに怒るどころか、女を残して立ち去っていくなんて、もしかするとこれは悪夢……。

ジジィー、ジジィー、という音が、嘉一を現実に連れ戻した。櫻子の褌の前袋で、ローターはまだ振動しているようだった。

櫻子を見た。

怯(おび)えきった顔で首を横に振った。

「でっ、出ていってっ……」

先ほどまであげていた悲鳴に比べれば、その声はあまりにも細く、頼りないものだった。

怯えきった顔をしていても、彼女の体は発情したままだった。汗まみれの乳房の先端で、赤い乳首が鋭く尖っていた。褌の巻かれた腰をセクシャルにくねらせながら、極端な内股になって肉感的な太腿をこすりあわせていた。

汗が匂った。

いや、汗だけではない。甘ったるい汗の匂いに混じって、酸味の強い発情の匂いも漂ってくる。たしかめずとも、彼女が濡らしていることがあきらかだった。それも、尋常ではない量を……。

それでも、出ていってと言われれば、出ていくしかなかった。正直に言って、まだ悪夢を見ている感覚から抜けだせていなかった。いや、部屋の外からのぞいていたときに見ていたのは、たしかに悪夢だった。つまりいまは、悪夢の中に引きずりこまれてしまったようなものなのだ。本能が緊急事態を告げるサイレンを鳴らし、すぐに出ていくべきだと告げてくる。

「失礼します……」

一礼して出ていこうとすると、

「待ってよっ！」

櫻子が背中に焦った声をかけてきた。

「なんですか？」

振り返っても、櫻子は答えない。唇を嚙みしめている。太腿を激しくこすりあわせながら、涙に潤んだ眼を向けてくる。

イカせてほしいのだろうか？

そうであるなら、いやらしすぎる女だった。もちろん、いやらしすぎるに違いない。彼女から漂ってくる、色香の濃厚さはどうだ。これほどエロティックな匂いを放っている女は、嘉一は他に知らなかった。

これが俗にいうフェロモン……と気づいたときにはもう、踵を返せなくなっていた。女が放つフェロモンとは、男を引き寄せ、男をその気にさせるものだからである。

この女を抱きたい——欲望が身の底からむらむらとこみあげてくる。

櫻子を見た。視線を顔から股間へとゆっくりと移動させていく。

褌の前袋は表面が凸凹していた。小ぶりな卵ほどのローターが、いくつも入れられているようだった。

「これを……はずしましょうか……」

嘉一の言葉に、櫻子はなにも返さなかった。眼の下をねっとりと紅潮させた顔を、「ああっ」と恥ずかしげにそむけただけだ。

褌の構造は難しい。ひろげれば一枚布に紐がついているだけだから、着けるのにコツがいる。長い部分を前に垂らす着け方もあるが、彼女の股間には前袋が二重になっていた。そのほうが、Tフロントのショーツのような、いやらしい見た目になるからだろう。

嘉一はまず、後ろでかたく締められた部分をほどいていった。後ろの部分は生地がねじられ、Tバック状に尻の桃割れに食いこまされていた。尻を鞭打ちにする都合もあるのかもしれないが、とことん女体をいやらしく飾ることを考えているようだった。

後ろをほどくと、前袋に入っていたローターがバラバラと落ち、床に転がった。ピンク色のものが全部で三つあったが、そんなことはもうどうでもよかった。リモコンを探して振動をとめることさえしなかった。櫻子の体に残った褌を、すっかりはずすほうが先である。

「あああっ……」

恥毛を露わにすると、櫻子はひときわ恥ずかしげにあえいだ。嘉一の視線は一瞬、その部分に釘づけにされた。

顔に似合わないほど、黒々と茂っていた。だが、茂っている面積は広くはなく、優美な小判形を描いている。やけに黒く見えるのは、毛の量が多いからだった。縮れが少なくて艶のある、毛並みがいい草むらである。

ようやくローターの振動から解放されたからだろう、櫻子は大きく息をつき、太腿をこすりあわせるのもやめた。

「恥ずかしくないんですか？」

耳元でささやくと、ビクンとした。

「俺みたいな通りすがりの人間に、マン毛まで見られて……」

キッと睨まれた。生来の気の強さが伝わってくるような眼つきだった。しかし、彼女は両手を拘束され、手も足も出ない。

その体に触れたかった。汗ばんだ乳房を揉みしだき、赤い乳首をつまみあげ、口に含んで舐め転がしてやりたかった。くびれた腰も、ボリューミーなヒップや太腿も、まさぐりまわして頬ずりしてやりたい——それはほとんど、衝動と言っていいほど強烈な欲望だった。気がつけば、嘉一の手のひらは汗びっしょりに濡れ、呼吸が荒くなっていた。

しかし、触れたくて触れたくてたまらないと同時に、触ることへの畏怖も覚えていた。触った瞬間、脳味噌が沸騰して訳がわからなくなり、自分を見失ってしまいそうな気がした。自分にはそういうところがあると、嘉一は自覚していた。女を愛しすぎて頭がおかしくなり、それまでの人生を台無しにしてしまう——海に溺れて死にかけたのも、遠因は女……ある女を愛しすぎてしまったからなのだ。

そしてその女より、櫻子は美しかった。顔立ちもスタイルも段違いだった。さらに、見たこともないほど発情しきっている。感じやすくイキやすい女が抱き心地のいい女とするならば、セックスのインパクトも比ではないという予感がする。

だから怖かった。

直接肌に触れ、その柔らかな乳房に顔を沈めることがどうしてもできず、代わりに電マを手にしたのだった。

5

「あああああっ……」

ブーン、ブーン、と低い重低音を鳴らしながら振動する電マのヘッドを近づけていくと、櫻子の顔はひきつった。

「やっ、やめてっ……許してっ……」

上ずった声で言いながら首を振ったが、本当にそんなことを思っているわけではないだろう。嘉一がこの部屋から出ていこうとしたとき、「待ってよ！」と引き留めてきたのは彼女のほうだった。

待ってなにをするのか？

性感帯を刺激して、イカせてほしいに決まっている。その証拠に、まだ電マのヘッドがあたる前から、裸身を小刻みに震わせている。辱められることに怯えつつも、欲望を隠しきれない。

　嘉一はまず、電マのヘッドを乳首に近づけていった。南国の花のように赤いそれは、女体の発情が限界に達していることを示すように鋭く尖りきっている。

　ブーンと音をたてているヘッドを押しつけてやると、

「くぅううっ！」

　櫻子は首に何本も筋を浮かべ、顔をそむけた。歯を食いしばって、声をもらすのをこらえた。しかし、そむけた顔が紅潮していくのに時間はかからなかった。左右の乳首をそれぞれ十秒ずつくらい、代わるがわる電マで刺激してやると、西洋人形のような美貌が、みるみる生々しいピンク色に染まっていった。

　全裸の女が顔だけを赤くしている姿というのは、どうしてこれほど男心を揺さぶるのだろう？

　嘉一は何度も生唾を呑みくだしながら、執拗に両の乳首を責めたてた。突起しすぎた乳首に横からヘッドをあてがうと、振動に暴れまわってどこかに飛んでいってしまいそうだった。

　だがもちろん、飛んでいくことはなく、櫻子を追いつめていく。性感帯である乳首に受けた刺激が、体の芯まで伝わっているのが、見ていてはっきりわかる。櫻子は両手を頭の上で吊られているので、白い腋窩が剝きだしだった。そこに汗が浮かび、あるいは流れこんで、見るもいやらしい姿になっていく。舐めまわしたい欲望をぐっとこらえ、甘ったるい汗の匂いを嗅ぎまわすにとどめる。

「あああああーっ！」

股間に振動を送りこんでやると、櫻子はいよいよあえぎ声を我慢できなくなり、汗まみれの裸身を激しくくねらせた。ゆうべも見た、卑猥なダンスが始まったのだ。

あえぎ声を撒き散らしてはハアハアと息をはずませ、滑稽なほど腰をくねらせながら太腿をこすりあわせる彼女の姿は、身震いを誘うほどエロティックだった。ゆうべとは違い、そうさせているのは他ならぬ自分だった。自分がこの手で、淫らなダンスを踊らせようとしているのだ。

とはいえ、電マの刺激は強いらしく、櫻子は腰を引いて逃げる。その情けなくも滑稽な姿もまた、とびきり卑猥ではあったけれど、嘉一としてはもっと性感帯を刺激したい。

これはゆうべも見た展開だった。反射的に腰を引いてしまう櫻子のことを、間宮は後ろにまわりこんで押さえつけた。さらに片脚を持ちあげ、腰を引けない状態で性器を無防備にし、真っ赤なショーツの上から性感帯にぐいぐい電マを押しあてていた。

同じことをするつもりはなかった。

というより、やはり彼女の素肌に触ることに抵抗があるのだろう。後ろから抱きしめてしまえば、必然的に体が密着してしまう。

部屋を見渡すと、椅子があった。座面が赤茶色の革張りになっているアンティークふうのデザインだ。それを二脚運んできて、櫻子の両サイドに置いた。

「この上に足を載せてもらえますか」

櫻子は息をはずませながら、訳がわからないという顔で見つめてきた。だが、難しい話ではない。

「早くしてください。バランスに注意して」

櫻子は首をかしげながら、おずおずと体を動かした。まずは片足を椅子に載せ、もう一方も……載せた瞬間、嘉一の意図に気づいて、顔色が変わった。

「いっ、いやああああーっ！」

それは和式トイレにしゃがむこむような格好だった。もちろん、両手は吊られている。左右の腋窩を丸出しにしたまま、M字開脚を披露するという、すさまじく卑猥な格好になったのである。

ふっさりと茂った恥毛の奥に、アーモンドピンクの花びらがチラリと見えていた。この格好であれば、前からでも後ろからでも、股間が責め放題だ。おまけに、激しく動くこともできない。

「暴れて椅子から落ちたりしたら、肩の関節がはずれるかもしれませんからね。こんな医者もいない孤島で、怪我なんかしたくないでしょう?」

櫻子もそのことはわかっているようで、汗まみれの全身をこわばらせている。じっとしていれば、落ちることはない。しかし、動けばぐらぐらと揺れてかなり不安定になる。

「あああっ……あああああっ……」

櫻子は自分の追いこまれた窮地を悟るほどに、眼尻を垂らして泣きそうな顔になっていった。なかなかいい表情だった。美人は得だ。泣いても怒っても、男を魅了してやまない。

その無防備な股間を、手指でいじりまわしてやりたかった。きっと、少し触れるだけで猫がミルクを舐めるような音が立つくらいぐっしょり濡れて、蜜が糸を引くことだろう。

なんなら、二脚の椅子の間にもぐりこみ、舌や唇を使って彼女の秘部を味わいたいほどだったが、もちろんそれはできなかった。

ヴァイブを物色した。

大仰な黒い漆塗りのケースの中に収まっていた。全部で十数本ある。嘉一はそのうちのひとつ——黒にゴールドのラメが入ったものを手にした。

一瞬、表情がこわばってしまったのは、自分のものよりずいぶんと大きかったからだ。しかも根元にイボや玉がついていて、これでもかというほどグロテスクなデザインである。先端は尖り気味に細くなっているが、そこからひろがる円錐形の裾野は広く、エラの張りだし方が凶暴すぎる。

電源を入れると竿の部分がくねったり、振動したりしたが、まずは動かない状態で使ってみようと電源を切った。

「ううう……」

二脚の椅子の上でM字開脚を披露している櫻子が、恨みがましい上目遣いでこちらを見てくる。極太のヴァイブを見て息を呑み、唇を嚙みしめる。

嘉一はその正面にしゃがみこみ、あぐらをかいた。眼の高さに、ちょうど彼女の股間がくる。いい塩梅である。黒く艶光りする恥毛の奥に、アーモンドピンクの花びらが見えた。まるで闇夜に息づく娼婦の唇のように……。

「んんんっ！」

ヴァイブの先端で恥毛を撫でると、櫻子の腰はビクンと跳ねた。しかしすぐに、足を踏ん張って全身をこわばらせた。激しく動けば、椅子から落ちてしまう。肩が脱臼しなくても、痛い思いをすることは間違いない。

嘉一はしばらくの間、恥毛を撫でるのをやめられなかった。見れば見るほど艶やかな毛並みで、優美な小判形に茂った姿は芸術的だ。

もちろん、芸術的であると同時に、それは獣の印でもあった。どれだけ美しい顔をしていても、均整のとれたプロポーションをしていても、この奥には獣の器官がある。発情の蜜をタラタラ垂らし、男根を咥(くわ)えこむための……。

「んんんんーっ！」

ヴァイブの先端を奥にすべりこませていくと、櫻子の顔はこわばった。反対に、嘉一の頬は緩んでしまった。

ヴァイブがヌルリとすべったからである。つまり、彼女は濡らしている。予想はついていたが、乾燥したシリコンが、いきなりヌルヌルとすべってしまうほどの濡れ具合に、ほくそ笑まずにはいられなかった。

嘉一はヴァイブを動かした。アーモンドピンクの花びらの合わせ目をなぞるように、ねちっこく先端をすべらせた。奥から手前に向かってすうっとすべらせるとき、櫻子は息を呑んでいる。ヴァイブの動きをとめると、呑んでいた息を一気に吐きだし、ハアハアと息をはずませる。

ビクッとして脚を閉じようとするのは、クリトリスに刺激を受けたからだろう。それでも彼女は、歯を食いしばって両脚を開きつづけ、和式トイレにしゃがんでいるようなみじめな格好をキープする。椅子から落ちないようにしているだけではなく、刺激が途切れるのを恐れているようでもある。

「ああああっ……ああああっ……」

すべらせるピッチをあげていくと、まだ小さくはあるが、あえぎ声をもらしはじめた。リズムに乗って腰まで動かそうとするが、それはあわてて我慢した。みずから金縛りに遭ったように固まって、ただ股間の刺激を受けとめる。ヌルヌルだった割れ目をさらに濡らし、しとどに蜜をしたたらせる。

「んんんっ！」

櫻子が体をこわばらせたのは、ヴァイブの先端が浅瀬に埋まったからだ。そのヴァイブは先端が細く尖っていたので、過剰にヌメッた割れ目を穿つのは簡単だった。水たまりで泳がせるように、チャプチャプと動かしてやれば、アーモンドピンクの花びらが黒いシリコンに吸いついてくる。興奮に肥厚して、本物の唇のようになっているのが、黒い草むら越しにうかがえる。

「ああっ、いやっ……あああっ、いやああっ……」

櫻子が声を震わせる。しかし、その「いや」は、拒絶の意味ではなく、感じている証拠だった。ヴァイブのすべりはよくなっていくばかりで、獣じみた匂いがむんむんと立ちこめてきている。

「欲しいのか？　奥まで入れてほしいのか？」

「いっ、いやっ！　いやあああああーっ！」

櫻子は髪を振り乱してちぎれんばかりに首を振ったが、首から下は動かさなかった。身をよじりたくてたまらないのにこらえている様子が、眼も眩みそうなほどエロティックだった。

6

嘉一は、自分でも異常と思えるほどの執拗さを発揮していた。

二脚の椅子の上でM字開脚を披露している櫻子を、三十分以上もヴァイブで責めたてた。それも、奥まで貫いたりせず、先端で浅瀬を穿つだけで、あとは時折、クリトリスに触れるくらいのものだった。

櫻子の反応がそうさせた。

嘉一がこの部屋に引きずりこまれた時点で、彼女はすでに絶頂寸前まで高まっていた。だから、イキたくてしようがないのは表情からもあきらかだった。素肌は甘ったるい匂いのする汗にまみれ、両脚の間は失禁したように濡れている。

なのに、イキそうになると羞じらうのだ。

「ダッ、ダメッ……ダメえええっ……」

やめてと言わんばかりに眼を剝いて見つめてくるから、嘉一はその通りにしてやった。股間からヴァイブを抜いて愛撫を中断――そうすると今度は、この世の終わりを迎えたようなやるせない表情をする。眉根を寄せ、ぎゅっと眼を閉じて、せつなげに唇を震わせる。

ゆうべ間宮が、執拗にオルガスムスを焦らしていた理由がわかる気がした。

焦らすほどに、櫻子は色っぽくなり、生来の美しさに磨きがかかるのだ。童貞なら、その表情を見ているだけで何度も自慰ができるのではないかと思った。いや、童貞でない嘉一だって、その表情を眼に焼きつけたくてたまらなかった。

だから、しつこく焦らし抜いた。

焦らしながら、もうひとつ別のことも考えていた。

イッてもいないのにこれほどいやらしい顔をする彼女が、本当にイッたらどうなるのか……。

想像するだけで身震いがとまらなくなった。そして、その瞬間は、刻一刻と迫っていた。

櫻子は三十分以上も、和式トイレにしゃがみこむ格好でいるのだ。そろそろ脚が痺れてきてもおかしくなく、そうなるとM字開脚を保っていられなくなる。本人がいくら足を踏ん張っても、言うことをきかない脚が椅子から転げ落ちてしまうことも考えられる。

ならばもう一度立たせて——とは思わなかった。二脚の椅子の上でM字開脚を披露している櫻子は、どれだけ眺めても飽きることのないエロスに満ちて、この格好のままトドメを刺してやりたかった。

「そろそろ、奥まで入れてあげましょうか……」

嘉一の言葉に、櫻子の紅潮した頬がひきつる。戦慄していることが伝わってきたが、嘉一も彼女以上に戦慄していた。

見るからに、グロテスクなヴァイブだった。先端は細く尖っていても、エラの張りだし方は尋常でないほど凶暴で、根元にいくほど竿の部分は太くなり、イボや玉がついている。

こんなものが本当に入るのだろうかと訝るくらいだったが、この部屋に置かれていたということは、櫻子は経験済みなのだろう。このヴァイブそのものは初めてでも、他のヴァイブも似たようなサイズなのだ。

「いきますよ……」

ぐっと押しこみ、まずは亀頭を模した部分までを入れる。凶暴なエラまで埋めこむとき、さすがに息を呑んでしまう。

櫻子も息を呑んでいる。じわり、じわり、と埋めこんでいっても、声も出せない。

黒いシリコンにゴールドのラメが施されたヴァイブは、男根を模していても男根には見えない。まるで女を拷問する道具のようだが、女陰は自在にひろがってそれを受け入れる。むりむりという音が聞こえてきそうでも、まだ余裕がある。奥でも大量に蜜を漏らしているらしく、小刻みな抜き差しをスムーズに繰り返せる。

「あああああーっ！」

根元まで咥えこませると、いままで溜めこんでいた息を一気に吐きだしながら、櫻子は悲鳴をあげた。白い喉を突きだし、ぶるぶるっ、ぶるぶるっ、と裸身を痙攣させた。

串刺しにした、と嘉一は思った。スケベでいやらしいことをしている実感からは程遠く、もっとおぞましく、禍々しい行為に手を染めているような気がして、胸の中で嵐が起こった。

しかし、その行為は、たしかにスケベでいやらしくもあるのだった。

その証拠に、挿入直後は眼を白黒させていた櫻子が、細めた眼をねっとりと潤ませてこちらを見てきた。眼の下の紅潮がたとえようもないくらいセクシーで、嘉一は悩殺された。その顔には、「早く動かして」と書いてあった。櫻子はヴァイブの長大さなどものともせず、オルガスムスを求めつづけていた。

ほとんど気圧(けお)されながら、嘉一は抜き差しを開始した。ゆっくりと抜いていき、もう一度ゆっくり入っていく。アーモンドピンクの花びらが、いやらしいくらいに伸びている。

「あああっ……あああっ……」

櫻子のあえぐ声につられて、抜き差しのピッチはあがっていった。奥で大量の蜜を漏らしているのだろう、ずちゅっ、ぐちゅっ、という肉ずれ音が、それに拍車をかける。

自分で抜き差ししながらも、エラの凶暴さを思えば、怖気立たずにはいられなかった。自分のカリのくびれなど足元にも及ばないほど、鋭角に削りだされていた。櫻子はいま、あれで内側の肉ひだを逆撫でにされているのだ。

「気持ちいいですか？」

訊ねても、答えは返ってこなかった。櫻子は、閉じることのできなくなった口であえぐばかりだ。そのうち涎まで垂らしそうなほど蕩けきった顔をしていた。ぎりぎりまで細めた眼でこちらを見つめては、焦点の合わないままになにかを訴えてくる。

言葉を発しなくても、彼女が求めていることはわかった。これほど長大なヴァイブを咥えこんでなお、刺激が足りないのだ。嘉一の抜き差しが生ぬるいと言っているのだ。

ならば、と嘉一はバイブを操る手に力をこめた。櫻子のリアクションに、闘志をかきたてられた。この女を、ひいひい言わせてやりたかった。もう許してと泣きじゃくるくらい、徹底的に……。

「はっ、はぁううううーっ！」

ずんずんずんっ、と最奥を突きあげると、櫻子はいままでとはあきらかに違う、獣じみた悲鳴をあげた。これだけ長大なヴァイブなら、子宮を叩くくらい簡単だった。おまけに根元にゆくほど太くなりイボや玉がついているから、入口にも刺激がある。

「はぁうううーっ！　はぁうううーっ！」

櫻子はたまらないだろうと思った。凶暴なエラで中の肉ひだを逆撫でするようにヴァイブを動かせば、ポタポタと蜜がしたたった。M字に開いた両脚を蝶々の羽のように動かして、あえぎにあえいだ。

「どうだっ！　どうだっ！」

取り憑かれたようにヴァイブを抜き差ししながら、嘉一は不思議な感覚にとらわれていた。自分には、サディスティックな性癖などなかったはずだ。女をひどい目に遭わせたいという欲望自体を覚えたことがない。

なのにいまは、こんなにもムキになって櫻子を責めている。顔が燃えるように熱くなり、汗が眼に入ってしょうがない。鏡を見ればきっと、鬼の形相をしていることだろう。ゆうべの間宮のように……。

それはおそらく、櫻子のせいだった。ひどいことをすればするほど、彼女は美しくなっていく。紅潮した顔をくしゃくしゃにし、不様な格好を強要され、グロテスクなヴァイブを突っこまれ、両脚を蝶々の羽のように動かしている姿は滑稽そのものなのに、いままで体を重ねたどんな女より彼女は美しい。そうとしか言いようがないなにかがある。

「イッ、イッちゃうっ……もうイッちゃううう……」

切羽つまった櫻子の声に、嘉一はハッと我に返った。あわててヴァイブを抜き去り、愛撫の手をとめた。

「あああぁっ……」

櫻子の顔が、やるせなさに歪みきる。いまにも泣きだしそうな顔で、唇を嚙みしめる。感じている彼女の顔も美しいが、焦らされたショックに打ちひしがれている彼女もまた、同じくらいに美しい。

「いっ、意地悪しないで……」

涙を流しながら見つめてきた。

「もういい加減……いい加減イカせてちょうだいっ……これ以上焦らされたら、わたし、おかしくなるっ……頭がおかしくなっちゃうっ……」

嘉一が黙っていると、

「……抱いてもいいのよ」

媚を含んだ声を震わせながらささやいてきた。

「ほら、あそこにソファがあるでしょ？　あそこでわたしのこと好きにしてもいいの……舐めてあげるわよ。オチンチンがふやけるくらい、フェラしてあげる……だからもうイカせて……ね、あなたのオチンチンでイカせて……」

「うるさいっ！」

嘉一は怒声をあげて立ちあがった。間宮が残していった乗馬鞭を拾い、櫻子の尻をしたたかに叩いた。

「ひいいっ！」

叩かれるとは思っていなかったのだろう、櫻子は悲鳴をあげて身をよじった。

体の芯に戦慄が走っていく。誓っていうが、嘉一はいままで、女に手をあげたことがなかった。ビュンと風を切り、女の尻に先端がヒットした感触がおぞましくて、すぐに乗馬鞭を捨てた。こんなもので、女を痛めつけられる間宮は、恐ろしい男だと思った。

しかし、これ以上鞭で叩くことができないからといって、こみあげてきた憤怒までは消え去らなかった。

抱いてもいい――そんなことを軽々しく口走る櫻子が憎かった。嘉一にしても、できることなら抱きたかった。汗まみれの乳房を揉み、乳首を吸いたかった。体中に舌を這わせ、蜜を漏らしている両脚の間は、とくに念入りに舐めまわしてやりたかった。

しかし、抱きたいのと同時に、抱くことに畏怖しているから、こんなふうに道具を使って責めているのではないか。

「抱くことはできません」

嘉一は嚙みしめるように言いながら、櫻子のまわりをゆっくりとまわりだした。

「でも、そんなにイカせてほしいなら、イカせてあげてもいいですよ」

「本当？」

櫻子の顔がにわかに輝く。

「もう焦らさないのね？　イカせてくれるのね？」

「ええ……」

嘉一はヴァイブのスイッチを入れた。いままで動かさずに使っていたのだが、様々な動きができるようだった。竿がくねりながら、亀頭部が回転する動きが、いちばんえげつなかった。いったん、スイッチを切った。

「突っこんでからスイッチを入れれば、簡単にイケるでしょう？」

櫻子は息を吞んでいる。

「でも、ここまで焦らしたんだから、もっと派手にイッてもらいたいですね」

嘉一は左手にヴァイブを持ちながら、右手で電マをつかんだ。

「このコラボは、すごいんじゃないですか？」

　あらためて彼女の前にしゃがみこみ、あぐらをかくと、

「いっ、いやっ……」

　櫻子はひきつった顔を左右に振った。ほとんど顔面蒼白だった。

「そっ、そんなのっ……そんなことしたら、壊れるっ……わたし、壊れちゃうっ……」

「壊れませんよ」

　黒にゴールドのラメが入ったグロテスクなヴァイブを、再び櫻子に入れていく。

「はっ、はぁあああああーっ！」

「ほーら、ゆうゆうと呑みこめるじゃないですか。こんな丈夫なオマンコが、そう簡単に壊れるわけがない」

　ヴァイブのスイッチを入れた。ウィーンという音が立ち、手のひらに振動が伝わってくる。間違いなく、中で動いている。

「ダッ、ダメッ……ダメえええーっ！」

　櫻子が激しく身をよじる。危うくバランスを崩しそうになるが、M字開脚の中心をヴァイブで下から串刺しにされているので、かろうじて足は踏み外さない。

「気をつけてくださいよ。落ちても知りませんよ」

　ずぼっ、ずぼっ、とヴァイブを出し入れしながら、嘉一は言った。

「でもっ……でもおおおっ……」

「イキたいんでしょ？　イケばいいじゃないですか。思う存分、いやらしいイキ顔を拝ませてくださいよ」

電マのスイッチを入れ、ヘッドをクリトリスにあてがっていく。

「はっ、はぁおおおおおおーっ！」

櫻子の放った悲鳴は、もはや人間離れしていた。

「ダメダメダメーッ！　やっ、やめてええええっ……許してええええっ……」

極太ヴァイブが内側で淫らに蠢動し、外側からは電マの振動——電マの動きをマックスにすると、クリトリスどころか、子宮やヴァイブもろとも揉みくちゃにしはじめた。

「ああああああーっ！」

櫻子が裸身をこわばらせた。迫りくるオルガスムスに身構えていることは、嘉一にもはっきりわかった。いまの彼女にできることは、椅子から落ちないように足を踏ん張ることと、命綱である頭上のロープにしがみつくことだけだった。

「イッ、イクッ……もうイクッ……イクイクイクッ……はぁあああっ……はぁあああああーっ！」

ビクンッ、ビクンッ、と腰を跳ねあげて、櫻子はオルガスムスに駆けあがっていった。嘉一はバイブと電マを操りつつも、彼女が椅子から転げ落ちそうになったら、すぐに抱きしめてやろうと構えていた。

しかし、その心配はなく、櫻子はしっかりと足を踏ん張ったまま、絶頂を嚙みしめた。腰はもちろん、M字に開いた両脚が激しく痙攣（けいれん）しているのに、よく踏ん張っていられるものだと感心してしまうほどだった。

「……かはっ！」

真っ赤な顔で息を呑んでいた櫻子が、息を吐きだした。口を大きく開いたまま、眼を見開いてこちらを見てきた。

イキきったので一度愛撫の手をとめてほしい——彼女の言いたいことはわかったが、

「やめませんよ」

嘉一はずぼずぼとヴァイブの抜き差しを続けた。なんなら、いままでより激しく突いた。電マのヘッドもクリトリスから離さなかった。

「絶対やめませんからね。あれだけ焦らしたんだ。たった一回イッたくらいじゃ満足できないでしょ。もっとイケばいいですよ。ほら、もっとっ！」

「いやあああああーっ！」

櫻子が泣きじゃくりながら首を振る。長い黒髪を凄艶に振り乱しながら、汗まみれの裸身をくねらせる。

「ダッ、ダメッ……一回やめてっ……おかしくなるっ！　おかしくなっちゃううううーっ！」

言い終わる前に、ビクンッ、ビクンッ、と腰が跳ねあがった。二度目のオルガスムスに達したようだった。先ほどより、痙攣が激しい。

性器を繋(つな)げながらここまで激しい痙攣をされたら、と思わず考えてしまった。すさまじい満足感に浸れるに違いない。

男の射精のゴールは射精だが、満足度は女の反応次第だから……。

第三章　あなたも脱いで

1

激しい朝勃ちで眼が覚めた。

こんなことは、思春期にすらなかったことかもしれない。カチンカチンに硬くなり、苦しくてしようがなかった。

カーテンを開けると空は晴れ渡り、海は凪いでいた。昨日のように、波が白く立っていない。これならクルーザーを出すことができるだろう。

嘉一の気分は複雑だった。今日でこの島とはお別れだ。わかっていたことだし、望んでいたことでもある。べつに居座っていたいわけではないのだが、ゆうべはショッキングな経験をしてしまった。間宮と櫻子が抱える闇をのぞきこんだだけではなく、自分の中にある闇までものぞきこんでしまった。

「……ふうっ」

大きく息を吐きだし、扉のほうに向かう。ノブをまわすと、開いた。鍵はかかっていなかった。

廊下を抜け、階下におりていく。一瞬足がとまったのは、櫻子が見えたからだ。

ロッキングチェアに座っていた。開け放った窓から吹きこんでくる潮風で長い黒髪が揺れている。陽だまりの中にいて、とても心地よさそうだ。今日のドレスは白だった。レースやフリルをふんだんに使い、ちょっと少女趣味のような気もするが、西洋人形のような顔によく似合っている。

「おはようございます」

平静を装いながらも、嘉一の両脚は震えていた。はっきり言ってどんな顔をして会えばいいのかわからなかったが、会わないわけにもいかない。櫻子のリアクションに身構える。

「ずいぶんゆっくりなお目覚めね」

顔をあげた櫻子は、驚いたことに微笑んだ。ほんの少し眼尻を下げ、口角を上げただけだったが、初めて見た笑顔だった。嘉一の脳裏にはまだ、ゆうべの痴態が生々しく刻まれたままだったが、少女趣味の白いドレスと相俟って可愛い笑顔だった。そう思ってしまった自分に、少なからず動揺してしまう。

「朝ごはん、とっくにすませちゃった。お昼まで待てないなら、なにかつくるけど……」

「いえ……」

嘉一は静かに首を振った。柱時計を見ると、もう十一時に近かった。明け方まで地下室で過ごしたので、それも当然のような気がした。櫻子は眠くないのだろうか。

「それより間宮さんは？　今日はもうクルーザーを出せますよね」

「間宮なら、ガソリンを買いにいったわよ」

「えっ……」

「この家は自家発電だから、ガソリンがなくなると困るのよ」

「クルーザーで行ったんですか？」

「そうよ」

「いやあ……」

嘉一は苦りきった顔になった。

「だったら、起こしてくれればいいじゃないですか。ついでに乗せていってくれれば……」

「そんなこと、わたしに言われても困ります」

櫻子の顔から微笑が抜け落ち、みるみる険しくなっていった。気分を害してしまったらしい。

いったいどういうことだろう？

予想もしなかった事態に、嘉一は軽い眩暈を覚えた。ガソリンを買いにいったという間宮が戻ってきたら、もう一度本土まで船で送ってくれるのだろうか。そうとは思えなかった。わざわざ二往復もすることになるのなら、嘉一を起こすか、起きるまで待っていたはずだ。戻ってきた間宮はあれこれと理由をつけて、クルーザーを出すのを拒むに違いない。

なぜそんなことを……。

ゆうべは結局、間宮は地下室に戻ってこなかった。嘉一はそのうち戻ってくるはずだと考えていた。間宮と櫻子がどんな関係なのかわからないが、全裸で縛りあげた女を残して中座したまま、というのはあり得ないと思った。

しかし、戻ってこなかったので、嘉一はふらふらになった櫻子に肩を貸して、二階の寝室まで彼女を送らなければならなかった。そこにも間宮はいなかった。ベッドをシェアしているわけではないようだった。部屋の雰囲気で、櫻子ひとりの寝室であることが察せられた。

「少し添い寝して……」

櫻子は嘉一の腕をつかんで、すぐには帰してくれなかった。

「体の芯がまだ震えてるの。このままじゃ眠れない……」

十数回も立てつづけにオルガスムスに達したのだから、体に余韻が残っているのも当然かもしれなかった。嘉一は長居をしたくなかったが、オルガスムスに導いた者の責任はある気がした。しかたなくベッドに入り、全裸の櫻子を、服を着たまま抱きしめた。

ベッドでは、それ以上言葉を交わさなかった。櫻子はおそらく、ほんの二、三分で眠りについたはずだ。しかし嘉一には、二時間にも三時間にも感じられる長い時間だった。

腕の中にいるのは、先ほどまでひどいやり方で責めていた女だった。彼女が変態性欲者なのかどうかはわからないけれど、感じていたことはたしかであり、ずいぶんとはしたない振る舞いをしていた。

その彼女が、弱々しく震えながら嘉一にしがみついていた。本当は、容姿から受ける印象そのままの、女らしい人なのではないかと思った。彼女はたしかに感じていたけれど、両手を縛られて電マを股間に押しつけられたり、長大なヴァイブを咥えこまされれば、誰だって感じてしまうに決まっている。人間の体はそういうふうにできている。絶頂寸前まで追いつめられて焦らされれば、正気を失ったような状態になり、はしたない振る舞いだってしてしまうに違いない。

「ぎゅっとして……」

眠りに落ちる直前、櫻子は夢の中をさまよっているような声でそういった。声音は弱々しかったが、しがみついてくる力は、たじろいでしまいそうなほど強かった。

彼女のことをもっと知りたいと思った。

だが、知りたくなくもあった。

知れば後戻りができなくなりそうだから……。

2

「あっ、そうだ……」

櫻子が不意に、ロッキングチェアから立ちあがった。彼女の着ている白いドレスは、座っているときは少女趣味に見えたけれど、体にぴったりとフィットしたセクシーなデザインで、マーメイド形のウエディングドレスを彷彿させた。

「あなた、わたしの部屋に忘れ物をしていましたよ」

「えっ……」

嘉一が首をかしげると、櫻子は耳たぶを触った。あっ、と思い、嘉一も自分の耳たぶを触る。そこにあったはずの、安全ピン形のピアスがない。

「取りにきて」

「はっ？　取ってきてくれれば……」

「ダメよ、一緒に来ないと」

階段に向かう櫻子に、嘉一はしかたなく続いた。心の中で舌打ちしていた。ゆうべ部屋を出るためにはずしたピアスは、ズボンのポケットに入れてあったはずだ。ファスナーがついているポケットではないので、横になれば落としてしまう可能性はあるが、いままで気づかなかったなんてどうかしている。

二階にある櫻子の部屋は、カーテンが閉まっていた。いままでいたリビングダイニングが明るかったせいもあり、ひどく暗く感じた。

「どこにあるんですか？」

黙って立っている櫻子に訊ねた。

「そこ」

櫻子がベッドを指差す。嘉一は布団の上や枕元を探したが、ピアスはなかった。眼は次第に、薄闇に慣れてきているのに……。

「どこですか？」

「布団をめくって」

嘉一は言う通りにした。白いシーツの真ん中に、銀色のピアスが鈍く光っていた。

意地の悪い女だ。どうしてこんなところに置いたままにしておくのだろう。嫌味のひとつも言ってやろうと思っていると、背中に柔らかい隆起が押しつけられた。乳房の隆起だった。ピアスを手にしようしていた嘉一の動きはとまった。

「……すごくよかった」

櫻子が噛みしめるように言う。

「ゆうべ……とっても恥ずかしかったけど……すごく感じた……頭がおかしくなっちゃうかと思った……」

「あっ、いや……ちょっと……」

嘉一は、背中にしがみついている櫻子を振り払おうとした。しかし櫻子は離れてくれない。

「でも、あなたはイカなくてよかったの？　出さないままだったでしょ？」

このままではまずい、と思った。彼女のペースに乗せられてしまう。その前に話題を変えたほうがいい。

「教えてもらいたいことがあるんですが……」

「なあに？」

「込みいった話なんで……」

嘉一は体を反転させ、櫻子に向き直った。

「下でしましょう。気分を落ちつけて」

櫻子は首を横に振り、体重をかけてきた。嘉一はあお向けでベッドに押し倒された。ベッドの弾力でバウンドする体に、櫻子が覆い被さってくる。

「冗談はやめてください」

嘉一は苦笑したが、

「冗談？　それじゃああなたがゆうべしたことは？」

挑むように睨みつけられ、眼を泳がせるしかなかった。

「とにかく、話を……」

「ここですればいいじゃない」

櫻子は嘉一の上からおり、隣で横になった。肘で頭を支える行儀の悪い格好が彼女には似合わなくて、逆に可愛らしい。

「ほら、言ってごらんなさい」

「いや、あの……」

嘉一はしかたなく言葉を継いだ。顔が近いことが気になったが、話がシリアスになっていけば、自然に体勢も変わってくるかもしれない。

「間宮さんとはどういう関係なんですか？」

櫻子の表情は変わらなかった。

「普通の関係じゃないですよね、あんなことをしてるんですから……でも、恋愛関係にあるようには見えない。ましてや夫婦になんて全然……なのにあんな、アブノーマルなプレイを……」

櫻子はさすがに憂鬱そうな顔をした。

言葉はなかなか返ってこなかった。嘉一は待った。ずいぶんと長い間、彼女の言葉を待っていた。

唐突に、櫻子の眼が光った。言葉の代わりに涙を流したのだった。大きな眼から真珠のような涙がひと粒、ふっくらした頬を伝って流れ落ちた。

「わたしが……好きであんなことをしていると思う？」

「あっ、いや……」

涙を見せられ、嘉一はうろたえた。しかし、感情が揺れているということは、本当のことを聞きだすチャンスでもあった。

「俺の考えを言ってもいいですか？　櫻子さんは、あの男に無理やりここに連れてこられたんじゃないですか？　それであんな行為を強要されて、普通の暮らしに戻れなくなった……」

　二粒、三粒、と真珠のような涙がこぼれ落ちる。だが、それでも櫻子は気丈さを保っていて、嗚咽(おえつ)をもらしたりはしない。まばたきで涙を落としつつ、チラチラとこちらをうかがってくる。

「だったらどうだっていうの？」

「えっ……」

「わたしがあなたが言う通りの境遇だったとしたら、助けてくれるつもり？　それとも、ただ好奇心で訊(き)いてるだけ？」

「そっ、それは……」

　すがるような眼で見つめられ、嘉一はますますうろたえた。櫻子が身を寄せてくると、抱擁に応えてしまった。彼女の気持ちを受けとめる覚悟ができていたからではない。この状況では、押し返すことのほうがよほど勇気が必要だった。

　そう意識したわけでもないのに、右手が彼女の腰に置かれていた。白いドレスを飾っているレースやフリルと、艶(なま)めかしくくびれた腰のハーモニーにうっとりした。こちらをじっと見つめている櫻子に視線をからめとられたまま、所在のなさを誤魔化すように右手が動きだしてしまう。

腰から尻に続く丸みを帯びたカーブが、たまらなく女らしかった。見つめあっているほんの数秒の間に、嘉一の頭の中にはいろいろなイメージが行き交った。たとえば櫻子をこの島から連れだし、ふたりで暮らすというような……。

彼女ほどの美女が自分の女になってくれる高揚感は、いったいどれほどのものなのか想像するのも難しいほどだった。連れだって街を歩けば、すれ違う男は例外なく振り返るに違いない。そんな誰もが羨む女とふたりきり、いつ何時でも愛を確かめあえる充実感……。

「好奇心で訊いてるわけじゃないです……」

考えがまとまる前に、言葉が勝手に口から出ていた。

「力になれることがあるならなりたい……そう思って……」

櫻子は、わっと声をあげて泣きだし、嘉一の胸に顔をこすりつけてきた。人は号泣すると、体が熱くなるものらしい。嘉一は熱くなった彼女の背中を撫でた。次第に、嘉一の体も熱くなっていった。

涙が出てきたからではなく、興奮してきたからだった。ゆうべはついにできなかった彼女とのセックス——今度はそのイメージが、頭の中を占領していく。

「うれしい……わたし、あんな恥ずかしいところを見られたのに……そんなこと言ってくれるなんて……」

櫻子がしゃくりあげながら言う。背中がますます熱くなっていく。嘉一の心は揺れた。激しいまでに揺さぶり抜かれた。

「助けてほしいなら、助けますよ、櫻子さん」

彼女の長い黒髪に、ざっくりと指を入れていく。

「べつに難しい話じゃない。間宮を説得するのが面倒なら、黙っていなくなってしまえばいいだけだ。ただ……俺はクルーザーの操縦ができないから……」

「わたしはできる」

櫻子が顔をあげた。

「だったら、逃げるのなんて簡単じゃないですか？」

力なく首を横に振った。

「でもね……わたし、もうずいぶん長い間、この島から出てないの。二年か、三年か……だから、怖い。街に戻るのは……」

「俺が一緒なら大丈夫でしょう？」

頑なに首を振る。

「でも、嬉しい。わたしあんな姿を……最低のところを見られたのに、一緒に逃げようって言ってくれるなんて……」

ささやきながら、顔を近づけてきた。拒むことは難しかった。泣き濡れた櫻子の顔は異様に生々しいエロスに満ちて、赤々と色づいている唇は、まるでもぎたてのイチゴかサクランボのようだった。

唇が重なった。

せつなげに眉根を寄せた櫻子は、うっとりと眼を細めながら、舌を差しだしてきた。嘉一も舌を差しだし、からませた。櫻子の舌は清らかなピンク色で、唾液はほんのりと甘酸っぱかった。

これが彼女の味か、と思った。

ゆうべは彼女の体に、指一本触れなかった。もちろん、舌だって這わせていない。そうしたくなかったわけではなく、むしろ触りたくて、舐めまわしたくて、たまらない状態で我慢していたのだ。

いったん舌をからませあってしまえば、欲望は爆発した。息のとまるようなキスで翻弄しながら、体中をまさぐった。ドレス越しにも女らしい曲線が手のひらに伝わってきて、みるみるうちに脳味噌が沸騰するような興奮状態に陥った。

女の体は、見るのと触るのとでは印象が違う。

美しい裸身だと思っても、抱いてみると意外につまらない体なのはよくあることだが、櫻子の場合は、見た目以上に抱き心地が抜群だった。盛りあがるべきところは盛りあがり、締まるところは締まって、弾力があるのに柔らかい……まだ脱がせてもいないのに、手のひらを這わせるのをやめられなくなってしまう。

「わたし……」

息をはずませながら言った。

「普通のエッチのほうが好き……縛られたり、叩かれたりするのは好きじゃない……信じてくれる？」

嘉一はうなずいた。

もちろん、彼女は縛られて、叩かれて、欲情していた。この手でも一度だけ鞭を振るった。しかし、あれで感じてしまったのは、生理現象のようなものなのではないか、と後から思った。絶頂寸前で放置された櫻子は、他の反応をとりようがなかったのだ。見知らぬ男に裸を見られたショック状態のまま、ヴァイブで何度もゆき果てるしか……。

3

長々とキスを続けた。

気持ちは焦っていたが、それを隠そうとするもうひとりの自分がいた。

なにより、櫻子と舌を吸いあっていると陶然とした。彼女が類い稀な美人だからだろう。人形のように端整な顔が、キスを続けるほどに紅潮していった。甘く眼尻を垂らしたり、挑発的な眼つきをしたり、表情の変化もヴァリエーションが多く、顔に似合わず舌使いもねちっこくていやらしすぎる。

魅了されずにはいられなかったが、何事にも我慢の限界というものがある。彼女の尻を撫でている右手が、早く生身に触れたいと自分勝手に這いあがっていき、背中のホックをはずし、ファスナーをさげた。

下着は淡いコーラルピンクだった。下着らしい色合いであると同時に、女らしい華やぎもあり、嘉一の胸は高鳴った。彼女の裸ならゆうべ散々見ているはずなのに、ブラジャーからのぞいた胸の谷間に視線を奪われ、ショーツの食いこんでいる股間を凝視してしまう。ショーツを穿いていると、恥丘の形状がよくわかる。こんもりと小高く、いかにも卑猥な盛りあがり方をしている。もちろん、前袋にローターが仕込まれた褌では、そんなことはわからない。

「あなたも脱いで……」

櫻子に言われ、嘉一もブリーフ一枚になった。あらためて身を寄せていくと、素肌が触れあい、胸がざわめいた。肌理の細かいすべすべの肌だった。そのくせ、肉にはもっちりした感触がある。全体的には細く見えるのに、この感触はいったいなんだと驚く。

　もちろん、彼女の体の中でいちばん触り甲斐がありそうな場所は、まだブラジャーに包まれている。カップの上から軽く揉みしだく。「ああんっ」とあえぐ口にキスを与えながら、念入りに指を食いこませる。

　すぐにブラジャーが邪魔になって、背中のホックをはずした。カップの下から、たわわに実った白い肉房が現れる。ゆうべも見ているのに、間近で見るとまるで別ものだった。片手ではとてもつかみきれない大きさで、揉めば揉むほど手指に吸いついてくる。見た目も砲弾状に迫りだして迫力があるけれど、揉み心地は極上のさらに上を行く。

「あああっ……」

　先端に舌を這わせると、櫻子は眉根を寄せて眼を閉じた。彼女の乳房は南国の花のように赤いが、まわりの乳暈はやや色が薄くなっていた。尖らせた舌先で、白い素肌との境目をなぞるように舐めていく。

「あああっ……はぁあああっ……」

　まだ中心に吸いついたわけでもないのに、櫻子の呼吸は荒々しくはずみだす。突起をそっと舌で舐めあげれば、声をあげて体を反らせる。

敏感なのだ。にもかかわらず、間宮は力まかせにひねりあげていた。許せない気分になってくる。ねちねちと舐め転がし、やさしく口に含んでやるだけで、あえぎ声がとまらなくなるほど敏感なこの乳首を……。

「はぁああっ……はぁあああっ……」

左右の乳首を尖りきらせた櫻子は、激しく身をよじりながら嘉一の股間に手を伸ばしてきた。勃起しきった男根は、ビキニ型のブリーフにぴっちりと包みこまれていた。

いつもはボクサーブリーフだが、着ていたものはすべて海に流されてしまった。いま穿いているのは間宮が用意してくれたものだ。新品だったが、ブーメラン形のきわどいデザインに最初はあぜんとしたものだ。

勃起すると極端に前が窮屈になるブリーフに包まれた男根を、櫻子の細い指先が撫でてきた。キスのときの舌使いもいやらしかったが、手指の動きはそれ以上で、卑猥と言ってもいいほどだった。

おかげで嘉一は、たわわな双乳と戯れていることができなくなった。勃起は完全に限界を超えていた。ゆうべ櫻子を散々に焦らし抜いたが、クライマックスを我慢していたのは嘉一も一緒だった。自分の部屋に戻り、ひとり自慰するような真似もしなかった。おかげで今朝の朝勃ちは尋常ではない勢いで、股間の苦しさで眼が覚めたほどだった。

その部分を、撫でられたのだ。ただでさえ、櫻子は美しく、色香もすごい。そんな女が、瞳を潤ませてこちらを見ながら、薄布に包まれた肉の棒を撫でまわしてくる。時折、ぎゅっとつかまれると、叫び声をあげそうになってしまう。

「……舐めてあげましょうか？」

ささやく声があまりに甘美だったので、嘉一は言葉を返すことができなかった。体も動かなくなった。金縛りに遭ったように全身を固まらせた嘉一を、櫻子はあお向けにうながしてきた。自分は上体を起こし、ブリーフを脱がせてきた。前をめくられた瞬間、硬く屹立した肉棒は唸りをあげて反り返り、湿った音をたてて下腹を叩いた。

言いようがない解放感が訪れた。しかしそれは一瞬のことで、窮屈なブリーフに包まれていなくても、勃起していること自体が苦しくてしようがなかった。楽になるための方法は、ひとつしかない……。

爪先からブリーフを抜き去った櫻子は、嘉一の両脚の間に陣取って、四つん這いになった。嘉一は息を呑み、体の芯がぞくぞくと震えるのを感じた。震えるほどにセクシーだった。ゆうべは彼女のM字開脚を見たけれど、ただのご開帳より、四つん這いは女体を美しくも淫らに見せる。

おそらく、櫻子もそのことがよくわかっている。尻を高くもちあげて挑発してきた。西洋人形のような顔越しに見える尻の双丘に、嘉一はすっかり悩殺された。きつく反り返った男根が、釣りあげられたばかりの魚のようにビクビクと跳ねた。櫻子はその根元に細指をそっとからませ、先端に赤い唇を近づける。清らかなピンク色の舌を差しだし、亀頭の裏側をねっとりと舐めてくる。

「ううう っ！」

嘉一はたまらず声をもらし、腰を反らせた。櫻子の舌は生温かく、よく動いた。ざらついた舌の表面と、つるつるした裏側の使い分け方が上手かった。尖らせた舌先で裏筋をくすぐられると、嘉一は身をよじらずにいられなかった。フェラチオにこれほどリアクションを返したのは初めてだった。男のくせに、感じていることを露わにするのは恥ずかしいことだと思っていた。

いまも思っている。それでも、櫻子の舌の動きがいやらしすぎて、声をもらし、身をよじらずにいられない。

「おおおっ……」

ついにぱっくりと先端が口に含まれると、両脚をピーンと突っ張ってのけぞった。口の中で舌が動きながら、唇がスライドしてくる。櫻子は唾液の分泌量がひどく多いようで、それごと吸いたてられると、じゅるっ、じゅるるっ、と淫らな音がたった。

もちろん、わざとやっているのだろう。そういうタイプの女を、知らないわけではなかった。男を悶えさせ、男が焦ると、悪戯っぽく、あるいは勝ち誇ったように笑うのだ。

嘉一は喜悦の涙の浮かんだ眼を凝らして、櫻子を見た。まるで笑っていなかった。むしろ険しい、なにかに取り憑かれたような眼で見つめ返された。視線を合わせたまま、男根をしゃぶってきた。カリのくびれに舌を這わせてきた。根元をしごきたてながら、唾液にまみれた肉の棒に頬ずりまで……。

「気持ちいい？」

嘉一は言葉を返せないまま、何度もうなずいた。

「わたしも……男の人が悶えている顔を見ると、すごく興奮する。まだ触られてもいないのに、濡れてきちゃう……」

彼女ならあり得る話だ、と思った。顔つきが、階下のリビングにいるときとはまるで違った。地下室で絶頂したさに恥という恥をかいていたときに、どんどん近づいている。

「もっと気持ちよくしてあげるね」

「うっ、うわっ……」

唐突に両脚を持ちあげられ、嘉一は焦った。櫻子は嘉一の両脚を女のようなM字開脚に押さえこむと、玉袋の下に顔をもぐりこませてきた。次の瞬間、生温かい舌の感触が、尻の穴をねろねろと這いまわりはじめた。

「男の人って、ここに回春のツボがあるのよ……」

櫻子はアヌスに舌を這わせながら、鼻の頭をそのすぐ上に押しあててきた。いわゆる蟻の門渡り(とわたり)を、ぐっ、ぐっ、ぐっ、と……。

「ほら……どんどん硬くなっていく……」

「おおおっ……おおおおっ……」

本当にそれが回春のツボなのかどうか、嘉一にはわからなかった。男根が限界を超えて硬くなっているのは、アヌスを舐められながら手指で根元をしごかれているからではないかと思った。

それでも、櫻子は執拗に蟻の門渡りに高い鼻を押しつけてくる。嘉一はアヌスを舐められることだけでも初めてだったので、異常な行為に溺れているような気がしてしようがない。くすぐったさとおぞましさがないまぜになった気分が、結果的には男根をさらに膨張させていく。

「おおおっ……おおおおっ……」

だらしない声をもらしながら、このままでは出てしまう、と身構えた。爆発の予感に全身が小刻みに震えだし、いっそこのまま出してしまいたい、と眼をつぶった。

4

ゆうべの意趣返しというわけでもないだろう。

焦らしたのではなく、櫻子はただ、自分も刺激が欲しくなっただけに違いない。

嘉一の射精が迫ってきたと見極めるや、愛撫を中断してショーツを脱いだ。呼吸を整えることしかできなくなっていた嘉一の上に、いつの間にかまたがっていた。

騎乗位の体勢である。

嘉一の頭には、ゆうべの痴態がよぎっていった。二脚の椅子の上で、M字開脚を披露していた……ヴァイブで責めながら、ずっと騎乗位で繫がったときのことを考えていた。いっそ、騎乗位で下から突きあげていたつもりになっていた、と言ってもいい。

しかし、両手を縛られていない彼女は、いきなりそんなはしたない格好にはならなかった。両脚を前に倒し、やや前傾姿勢で男根に手を添えた。性器と性器の角度を合わせ、腰を落としてきた。

「おおおっ……」

ずぼっ、と先端が埋まっただけで、嘉一は声をもらしてしまった。女より先に声を出すなんて恥ずかしかったが、亀頭が異常に敏感になっていた。

「んんっ……んんんっ……」

櫻子がさらに腰を落としてくる。しかし、一気にすべてを呑みこむようなことはしない。じりじりと結合を深めては、また戻す。亀頭を咥えこんだ状態で、小刻みに股間を上下させ、肉と肉とを馴染ませる。

いや、馴染ませる必要などないほど、彼女の中は濡れていた。それでも、まるで亀頭だけをしゃぶりあげるような動きをしているのは、焦らしているからか。焦らすことで、お互いの欲情を限界まで高めようとしているのか。

たしかに、そのやり方には効果があった。一刻も早く根元まで咥えこんでほしくて、嘉一の顔は燃えるように熱くなっていく。

「あああっ……」

一方の櫻子も眼の下をねっとりと紅潮させ、長い睫毛を震わせる。どことなく恥ずかしそうに見えるのは、これが生身のセックスだからだろうか。緊縛や責め具を使ったアブノーマルなプレイではなく、メイクラブだから……。

嘉一の顔はますます熱くなり、額から脂汗が噴きだしてくる。じっとしていることが耐えがたくなり、彼女の胸に両手を伸ばしていく。砲弾状に迫りだした乳房の先端で、赤い乳首が尖っていた。少し触れるだけでもげてしまいそうなほどふくらんで、嘉一の男根同様に敏感になっていそうだった。

　コチョコチョとくすぐってやると、

「くぅうっ！」

　櫻子はうめき声をあげ、腰が落ちてくる。焦らしていても、彼女自身が欲しくてしようがないのだ。一度腰を落としてしまうと、最後まで落としきることしかできなくなる。

「あああーっ！」

　根元まで咥えこんだ櫻子は、ぶるぶるっ、ぶるぶるっ、と裸身を痙攣させた。まるで結合の歓喜を嚙みしめるように、しばらく身震いを続けてから、前屈みになってキスをしてきた。チュッ、と音を立てる軽いキスだった。それから、嘉一の燃える頰を手のひらで撫でまわしつつ、眼をのぞきこんできた。

「意外そうな顔してる」

　それは図星だった。

「あんなえげつないヴァイブを使っているから、ガバガバに違いないと思ってたんでしょ？」

　またもや図星だ。

「逆よ。太いヴァイブは締まりをよくするの。少なくとも、わたしの場合は……」

「おおおっ……」

櫻子が動きだしたので、嘉一は身をよじった。肉と肉がほんの少しこすれあっただけで、すさまじい快感が押し寄せてきた。これほどの締まりを経験したことはかつてなく、感涙にむせび泣きそうになってしまう。

そこには彼女が知らない事情があった。

嘉一は短小なのだ。定規で測ったところ、長さは日本人の平均にやや足りないくらいなのだが、細いのである。

「大きさなんて関係ないわよ」と言ってくれた女がいた。「女が感じるのは、大きさよりも硬さなんだから」とも……。

額面通りに信じることはできなかった。挿入している嘉一自身が、いつもゆるい感じがするからだった。

しかし、櫻子のヴァギナは違った。結合感がいままでとは段違いで、肉と肉とが密着している感覚がたしかにある。

「どう？　気持ちいい？」

櫻子の動きに熱がこもっていく。前傾姿勢のまま、股間を前後に動かしている。男根は彼女に根元まで呑みこまれたまま、濡れた肉ひだにこすられている。櫻子のヴァギナはよく締まるだけではなく、吸いついてきた。肉ひだの一枚一枚が蛭のように蠢きながら、からみついてきた。股間が一往復するごとに、耐えがたいほどの快感が押し寄せてきて、嘉一の体は硬直したまま小刻みに震えだした。

すぐにでもイッてしまいそうだった。しかしもちろん、そんなわけにはいかない。嘉一は短小ではあるが、早漏ではなかった。短小という事実が動かせない以上、早漏の烙印だけは押されるわけにはいかなかった。

男根に意識が集中しないように、目の前で揺れている双乳にむしゃぶりついた。指を食いこませて揉みしだきながら、左右の乳首を代わるがわる口に含んで吸いたてた。

「ああっ、いいっ！」

櫻子が艶やかな声をもらす。もっと声をあげさせたい、と嘉一は思った。これだけしっかり結合感があるなら、彼女を満足させることができるのではないかと胸が躍りだす。

目の前の双乳と戯れながら、両膝を立てた。膝のバネを使って、ピストン運動を送りこむためだった。

「あああああーっ！」

ぐいぐいと下から突きあげてやると、櫻子はしたたかに身をよじった。みるみるうちに全身が汗ばみ、甘ったる匂いが漂ってきた。嘉一はさらに突きあげた。全身全霊をこめて、パンパンッ、パンパンッ、と音を鳴らしてやった。

「あああっ、いいっ！　いいわあああああーっ！」

櫻子が激しく身悶えはじめる。下からの突きあげを、ヒップを揺らして受けとめる。肉と肉とがこすれあう感触が、より複雑になる。しかも彼女のヴァギナは、感じれば感じるほど締まりを増していくようだ。

たまらなかった。嘉一は双乳と戯れていられなくなり、両手を彼女のヒップに伸ばし、尻の双丘を鷲づかみにした。乳房にも負けないほど丸みのある丘は、けれども乳房よりずっと弾力がある。力まかせに指を食いこませながら、下から突きあげる。尻の双丘をつかんだほうが、深く突けるような気がする。もっと奥へ、もっと奥へ、と胸底で呪文のように繰り返しながら、パンパンッ、パンパンッ、と音を響かせる。

「はっ、はぁあああああーっ！」

櫻子がひときわ甲高い悲鳴をあげた。

「イッ、イッちゃいそうっ……わたしもう、イキそうっ……」

「俺もっ……俺もですっ！」

お互いに眼を見合わせて息を呑む。嘉一の突きあげはとまらない。突けば突くほど締まりを増すヴァギナに、身も心も虜になっている。

「……中で出していいからね」

櫻子はハアハアと息をはずませながら、嘉一の耳元でささやいた。

「わたしピル飲んでるから……出しても赤ちゃんできないから……」

「うおおーっ！　うおおおおーっ！」

中出しの許可を得て、嘉一は雄叫びをあげた。息をとめて連打を送りこめば、櫻子もまた淫らなあえぎ声を撒き散らす。声と声を重ねながら、取り憑かれたように下から突きあげた。息があがりそうになり、汗が眼に入ってきたが、かまっていられなかった。

「ああっ、イクッ……もうイクッ……イッちゃう、イッちゃう、イッちゃうっ……はっ、はぁおおおおおおおおーっ！」

ビクンッ、ビクンッ、と腰を跳ねあげて、櫻子が絶頂に達した。暴れる尻に指を食いこませながら、嘉一はしつこく突きあげた。こちらにも、限界が迫っていた。オルガスムスに達したことで櫻子は全身を痙攣させ、その震動が結合部から生々しく伝わってきた。真っ直ぐだったはずの肉道が蛇腹のようにうねり、火を噴きそうなほど熱くなった男根を締めあげる。

「でっ、出るっ……もう出るっ……おおおおっ……うおおおおおーっ！」

腰を反らせて、最後の一打を打ちこんだ。むず痒く疼いていた男根の芯に、灼熱が走り抜けていった。マグマのように煮えたぎっている男の精を、ドクンッ、と吐きだした。下半身で爆発が起こったようだった。それをじっくり嚙みしめることもできないまま、ドクンッ、ドクンッ、と続けざまに男根が暴れる。櫻子の中を、熱い粘液で満たしていく。

「あああっ……はぁあああっ……」

「おおおっ……おおおおおっ……」

喜悦に歪んだ声を重ね、身をよじりあいながら、長々と射精を続けた。

会心の射精だった。

それは自分の人生で、二度と訪れることがないだろうと思われた僥倖だった。

しかし、生きていれば味わえる。

あのまま海に溺れて死んでしまわなくて、本当によかった……。

5

嘉一は自分の生まれた場所を知らない。

両親の顔も知らずに育った。

物心つく前に捨てられたのだ。デパートのおもちゃ売り場でおもちゃを見ているうちに父も母も姿をくらませるという、ひどいやり方だったらしい。警察の人は大変同情してくれたというが、身元がわかるものを携帯していなかったので、児童養護施設に預けられることになった。

劣悪な環境だった。他の養護施設がどうなのかは知らないが、嘉一が預けられたのは陰湿な暴力ばかりが幅をきかせる地獄のようなところだった。職員によるドメスティックバイオレンスもあれば、子供同士のいじめもある。いじめを行なうのは心が壊れたやつばかりだから、加減というものを知らない。いまでも当時のことを思いだすと手が震え、嫌な汗が噴きだしてくる。

嫌気が差して脱走したのは、小学校三年生のときだった。そんな子供がひとりで世間を渡っていけるはずもないが、養護施設に戻されるくらいなら死んだほうがマシだと覚悟を決めていた。

一円も持たずに養護施設を出た。食べるものには困らなかった。嘉一は万引きが上手かったのだ。養護施設にいたときは、もし万引きで警察に捕まったりしたら、職員にとんでもない折檻を受けるのでできなかったが、背に腹は代えられずやってみると、拍子抜けするほどあっさり成功した。お菓子でもおにぎりでもサンドウィッチでも食べ放題で、養護施設にいるときよりずっと豪華な食生活を送っていたくらいだ。

あるとき、捕まった。

しかし、「ちょっと来なさい」と嘉一の手をつかんで店の外に連れだした男は、店の従業員でも万引きGメンでもなかった。警察でもなかったが、ワンボックスカーに連れこまれたときはこの世の終わりが来た気分だった。

「坊や、この前もこのスーパーで万引きしてただろう？　プリンと魚肉ソーセージとカレーパンだ。なぜ盗む？　親御さんは買ってくれないのかい？」

男はニコニコと笑いながら訊ねてきた。頭の禿げあがった中年男だった。眼鏡をかけて地味なジャンパーを着ていた。嘉一は、教師やパン屋や土木作業員、プールの監視係からバスの運転手に至るまで、知っている職業をすべて思い浮かべてみたが、男がなにをやっている人なのか想像できなかった。特別おかしなところがあるわけではなく、逆に特徴がなさすぎるのだ。

「親はいません。僕は捨てられたんです。もうずっと前に……」

嘉一は切々と言葉を継いだ。

「養護施設で育ちましたが、もう戻るのは嫌です。警察に通報されたら、絶対に戻されます。それなら、死ねるところに連れていってください。ビルの屋上でもなんでもいいです」

小学三年生の口から、あまりに物騒な言葉が出てきたからだろう、男はしばらくあぜんとしていたが、やがてやさしげに微笑んだ。

「俺は警察には通報しないよ。警察が大嫌いだからだ。キミに声をかけたのも、このままじゃ店の人に捕まって、警察に突きだされると思ったからだ」

頭を撫でられた。男の手はグローブのように分厚かったが、温かいぬくもりが感じられた。

「よかったら、話してみてくれないか。死ねるところに連れていってくれなんて、よっぽどのことだ。きっと大変な目に遭ってきたんだろう？　俺はキミの味方じゃないが、敵でもない。警察なんかには絶対に通報しない」

男の口調は手と同じようにぬくもりがあり、嘉一の心を落ち着けるものだった。気がつけば、自分の境遇をたどたどしく話していた。べつに悲惨さを強調するつもりはなかった。自分を捨てた親はひどいと思うが、世界を見渡せば自分より悲惨な境遇の子供なんていくらでもいる。養護施設のテレビで見た。食糧や薬剤が不足して子供がバタバタ死んでいるところもあれば、街中で自爆テロが絶えないところもある。それに比べれば……。

そう思っていたはずなのに、養護施設でいじめに遭っているくだりに差しかかると、熱いものがこみあげてきた。嘉一は夜な夜な、寄ってたかってパンツを脱がされ、ペニスの小ささを笑われていたのだ。あれだけは耐えられなかった。当時から短小がコンプレックスだったわけではないが、自分だけ裸にされて笑い者にされるのは、人間の尊厳を著しく傷つける。

気がつけば、話をしながら泣きじゃくっていた。

「わかった、わかった。その養護施設には、どうしても戻りたくないんだな？」

嘉一は涙を拭いながらうなずいた。

「戻されるくらいなら、死んだほうがいい？」

もう一度うなずく。

「でも、いまのままじゃ、いずれ捕まって警察に通報されるぞ。それでもいいのかい？」

嘉一は頬の涙が飛んでいくくらい、首を横に振った。

「じゃあ、俺の仲間のところに行こう。ずっといられるかどうかはわからないが、しばらくの間なら泊めてやれる。その間に、将来について一緒に考えよう」

誘拐されるという危機感は、嘉一にはなかった。自分に誘拐されるほどの価値があると思ったことが、一度もなかったからである。

男は空き巣や事務所荒らしを生業にする窃盗団の一員だった。

もちろん、そんなことがわかったのはかなり月日が経ってからだが……。

男の運転するワンボックスカーは、工業地帯にあるプレハブ住宅に辿りついた。工事現場などにあるようなやつだ。それが廃ビルの敷地内に二棟建っていて、十数人が共同生活を送っていた。白髪の年寄りから筋骨隆々の若者まで、いろいろなタイプが揃い、嘉一と同じ年代の小学生も三人いた。

タクミくん、チャコちゃん、メイ……思いだすと胸が熱くなる。詳細を聞いたことはないが、三人とも自分と同じような境遇なのだろうと察しがついた。それだけなら養護施設と同じだけれど、三人は心根まで腐っていなかった。荒んだ風貌とやさしい態度のギャップに、驚いてしまったほどだ。

嘉一をその場所に連れてきてくれた男は田中と言い、リーダー格のひとりだった。元の施設ではない施設に入れる方法をあれこれ考えてくれたが、嘉一はその場に残ることを選んだ。養護施設も最悪だったが、学校もまた似たようなものだったから……。

その窃盗グループは、長ければ二週間、短ければ二、三日といったサイクルで、全国津々浦々を移動していた。まるでテントを持たないサーカス団だった。最初に連れていかれた場所のように、持ち主の会社が倒産してしまったプレハブで寝泊まりすることもあれば、ビジネスホテル、ウィークリーマンション、山奥の貸別荘を利用することもある。

彼らは嘉一たちにいずれ仕事をさせるつもりで育てていたが、移動の際に子供連れだとあやしまれないという理由もあったのだろう。

子供たちは学校には行かず、それぞれの適性に合わせて、腕を磨かされた。たとえばタクミくんは、刃物を使うのが抜群にうまい。人を傷つけるのではなく、ガラスを切るとか金属を切るとかだ。チャコちゃんは英語と中国語が話せたし、メイは可愛い顔に似合わずスピード狂で、十一歳からバイクを、十三歳でクルマを乗りまわしていた。クルマを盗んでくるのも得意だった。

嘉一は知恵の輪をとくのがうまかったので、鍵について鍛錬を重ねた。たいていの鍵は、ポケットに入っている二、三の道具で開けられるようになった。

テーンエイジャーになったばかりの嘉一にとって、団での暮らしが世界のすべてだった。人生について大切なことは、すべて彼らから学んだ。もっとも重要だったのは、仲間意識だった。血は繋がっていなくても、タクミくんもチャコちゃんもメイも、きょうだいのようなものだった。三人も嘉一のことをそう思ってくれていた。仲間とは、自分を差し置いても大切にする価値のあるものである。嘉一は大げさではなく、三人のためなら死ねる、と思っていた。

初仕事の日が近づいていた。目標は高級住宅地にある邸宅で、すでに下調べはスペシャリストがすませていた。田中をリーダーに、メイが運転手として、嘉一が鍵番として参加することになった。

その窃盗団には、初仕事の前に儀式がある。童貞や処女を捨てるのだ。後々、窃盗の仕事とセックスは深い関わりがあることを知った。気持ちが逸っているとき、セックスは有効だった。精を放てば、いったん気持ちは落ち着く。仕事のあとの高揚感を沈めるためにも、セックスはかなりいい。

だから、団の中ではフリーセックスのようなもので、誘って断られたことは一度もないし、乱交のようなこともよくしていたけれど、さすがに最初のときはドギマギした。

筆おろしを担当してくれたのは、当時二十一歳のカーコねえさんだった。ロードサイドのラブホテルに連れていかれ、女の体の仕組みをひと通り教わったあと、男になった。素晴らしい経験と言えば経験だったが、少し拍子抜けした。ひと足早く筆おろしをしてもらった夕クミくんが、セックスの気持ちよさを大げさに吹聴していたせいだろう。嘉一はセックスに幻想を抱いていたのだ。抱きすぎていたと言ってもいい。

だが実際に経験してみれば、手淫のほうが気持ちがいい、と思ってしまったくらいだった。腰の振り方も様にならない十四歳では、それは当然の感想かもしれなかったが、加えて嘉一は短小だった。カーコねえさんはからかったりしなかったけれど、きっとあまり気持ちがよくなかったのだろう。

「どうだった？」

大人の男になった嘉一に、訊ねてきたのはメイだった。ふたりきりになれる公園に呼びだされてのことだった。

タクミくんはふたつ年上で、チャコちゃんはひとつ年上だが、嘉一とメイは同い年なので、特別仲がよかった。そして奇しくも、彼女が田中に抱かれて処女を喪失したのは、嘉一と同じ日だった。

「どうって言われても……」

嘉一は曖昧に首をかしげるしかなかった。

「そっちは痛かったんだろ？」

メイはうなずいた。

「でも、やさしくしてもらったから、最初のうちは気持ちよかったよ。入れられるまではかなり……でも大きいのが入ってきたら、泣くのを我慢できなかった」

「……そうか」

嘉一はどういう顔をしていいかわからなかった。メイは泣かない女だった。涙を流しているところを見たことがない。そんな彼女が泣いたというのだから、やはりよほど痛いものなのか……。

「でも、経験を積めば気持ちよくなるって」

「まあ、そうかもしれないな……」

　女の体はそういうふうにできていると言うけれど、男の場合はどうなのだろう。団の中には、童貞を捨てたときがいちばん興奮して、いちばん気持ちよかったという人がいた。

「終わったら、しない？」

「えっ？」

「初仕事が終わったら、わたしとセックス……」

　メイはひどく恥ずかしそうに言った。自分の顔が赤くなっていることに気づいて、嘉一の背中にまわってきた。

「こっち見ないで」

「なんだよ、今日のメイ、おかしいぞ」

「おかしくてもいいから答えて。初仕事が終わったら、してくれる？」

「……いいけど」

「やった」

　メイは背中に抱きついてきた。まだ発展途上の小さなふくらみをふたつ、嘉一に押しつけた。

「べつに嘉一のことが好きなわけじゃないから、誤解しないでね。でも、やっぱりほら、相手が田中さんだと先生と生徒みたいで、緊張しちゃうのよ。その点、嘉一が相手ならうまくいきそう。とにかく数をこなしてみないと、気持ちがよくならないみたいだし……」

いくら言い訳を並べても、彼女の好意はダダ漏れだった。タクミくんとチャコちゃんが恋人っぽいムードを漂わせているから、対抗して嘉一を自分のものにしようとしていることは見えみえだった。

それでも、恋は恋なのかもしれない。十四歳同士の、幼い恋だ。その後はふたりとも、団の慣習に従って誰とでも寝るようになる。セックスなど、歯を磨くのと変わらない習慣のひとつとなり、愛だの恋だののがまぎれこむ隙間はなくなってしまう。

6

十四歳から二十一歳までの七年間で、嘉一はおよそ三百件の空き巣を働いた。捕まったことは一度もない。団の教えさえ守っていれば万引きよりリスクが少なかったし、ドジを踏むようなヘボはひとりもいなかった。

ポケットにはいつでも札束が入っているようになり、寿司が食いたければ寿司を、焼肉が食いたければ焼肉を、自由に食べられるようになった。とはいえ、嘉一にはあまり欲というものがなかったので、派手に散財するようなこともなく、生活は地味なままだったが、それでよかった。

このままいまの仲間たちと一緒にずっと暮らしていくのだろうな、とぼんやり考えている時間が好きだった。それは物心つく前に親に捨てられた嘉一にとって、もっとも大切なことだった。タクミくんやチャコちゃんやメイの顔を見ているだけで、気持ちが落ち着いた。やばい橋を渡っていることだって、少しも怖くなかった。

しかし——。

いまから一年前、嘉一は彼らをしたたかに裏切ってしまった。

恋に落ちてしまったからだった。

相手は年下の大学生で、女子大に通っていると言っていた。目白にある歯医者の待合室で知りあった。泥棒団の一味だって、歯が痛めば歯医者に行くのだ。

赤いベレー帽を被り、髪はショートボブで、信じられないほど色が白かった。眼鼻立ちが端整で、涼やかな切れ長の眼が印象的だった。うつむいてスマホをいじっている横顔に、ひと目惚れしてしまった。

花井杏樹（はないあんじゅ）という名前だった。それまで恋をするという経験をしたことがなかった嘉一は、どうしていいかわからないまま、衝動的に声をかけた。あなたみたいに綺麗な人を見たのは初めてです、と思ったことをそのまま口にした。

　杏樹はクスクスと笑ってから言った。

「歯医者さんでナンパされたのなんて、わたし初めて」

　嘉一のほうが順番が先だったので、治療が終わると外で彼女を待っていた。お茶に誘うと、快く応じてくれた。なぜ応じてくれたのか、いまでもよくわからない。

「わたし、ナンパについていったことなんて一度もないんですよ」

　杏樹はそう言っていた。嘘ではないだろうと思った。嘉一のまわりにいる女たちと比べ、彼女は清らかで透明感がすごかった。穢れを知らないという言葉がぴったりだった。彼女と差し向かいでアイスティーを飲んでいると、とてもこれが現実とは思えず、むしろ罪悪感され覚えてしまった。なにしろこちらは、泥棒なのだ。

「嘉一さんは大学生？」

「いや働いている」

「どんなお仕事？」

「健康食品のセールスマン」

　最後に仕事をした——事務所あらしに入ったのがそういう会社だった。

「意外！　もっと変わった仕事をしてる人かと思った」

「変わった仕事って？」

「うーん、なんだろう？　芸能関係とか、漫画家さんとか」

苦笑するしかなかった。

「杏樹ちゃんは、大学卒業したらどんな仕事に就きたいの？」

「旅行関係かな。ツアーの添乗員とかしてみたい」

「へぇえ……」

まるで気のきかない、他愛もないやりとりだった。しかし、嘉一にとっては、その普通な会話が途轍もなくまぶしいものに感じられた。なんでもご馳走するからと必死に頭をさげ、デートの約束をとりつけた。彼女が日本蕎麦が好きだというので、ネットで調べた老舗の店に一緒に行った。

同世代の人間と共通の話題をほとんどもたない嘉一だったが、旅行好きで麺好きな彼女とは不思議なくらい話が盛りあがった。嘉一は全国津々浦々を旅する生活を十年以上続けていたし、蕎麦でもうどんでもラーメンでも、ご当地の麺はたいてい食べたことがあったからである。

いや、ただ話題のせいだけではない。杏樹とは初対面のときから、どこか波長が合ったのだ。そうでなければ、彼女にしても歯科医の待合室で声をかけてきた訳のわからない男とデートを繰り返したりしなかっただろう。

知りあって二週間、四回目のデートで体を重ねた。

ちょうどそのころ、団は年に一度の長い休暇に入っていた。いつものように同じ場所で寝泊まりするのではなく、バラバラになって過ごしていた。タクミくんとチャコちゃんは沖縄にバカンスに行っていたし、メイは突然料理に目覚めてクッキングスクールに通っていた。地方にいる家族に会いにいっている者もいれば、次の仕事の下準備に余念がない者もいれば、虫歯の治療をしている者もいるという具合だった。

杏樹を初めて抱いたのは、横浜にある高層ホテルだった。中華街で食事をし、観覧車に乗ったあと、部屋にエスコートした。杏樹は黙ってついてきてくれた。横浜でデートがしたいと言ったのは彼女のほうだった。最初から、泊まる覚悟があったようだった。

嘉一はあのときより緊張したことも、感動したこともない。

ベッドの上で裸になった杏樹は、信じられないほど清潔な素肌をしていた。残念ながら処女ではなかったけれど、羞じらい方が尋常ではなく可愛らしかった。頭の先から爪先まで撫でまわし、キスの雨を降らせた。ひとつになり、射精に至ったとき、この世に生まれ落ちてよかったと思った。そんなセックスをしたのは初めてだったので、涙をこらえきれなかった。

堅気になろうと思った。

団のみんなには感謝をしていたが、反社会的な組織に属していては普通の女子大生と付き合いつづけることはできない。実際問題、休暇が明ければ東京以外の土地に移動するはずで、杏樹と会うことができなくなる。

「足を洗いたいと思います」

田中にそう告げると、彼はしばらく黙って嘉一の顔を眺めてから、静かにうなずいた。やめる決意をした人間を引き留めたところで、ろくなことにならないことをよく知っていたからだろう。

団を抜ける人間は、べつに珍しくなかった。いまでもひどく不思議なのだが、その窃盗団に属していた人間はいい人ばかりで、抜けたからといって団を売るような真似をする者はひとりもいなかった。嘉一にしても、その点は信用されていた。

「新天地でもうまくやっていけよ」

と励まされたくらいだった。タクミくんやチャコちゃんの反応も似たようなものだった。

ただ、メイだけは別だった。カラオケボックスの一室で、ひと晩中説得された。

「足を洗ってどうするのよ？」

「堅気の仕事を探すよ」

「小学校も出ていないくせに、泥棒以外にどんな仕事ができるっていうの？　無理に決まってるでしょう。あなたもわたしも、生きていく場所は団しかないの。そんなことくらい理解しなさいよ」

「……結婚したい女がいるんだ」

嘉一は胸に秘めた思いを、メイだけには打ち明けた。杏樹はいま、大学一年生だから、卒業するまでの三年間で、堅気の人間としてイッパシになりたい。そして彼女が卒業した暁には、プロポーズをするつもりなのだと。

メイは最初怒りに眼を剝き、やがてさめざめと泣きだした。タクミくんとチャコちゃんは近々結婚するのではないかと言われていた。チャコちゃんに子供ができたら、団を抜けて子育てに専念する。そのためのスイートホームを、タクミくんが物色していると……。

メイとしては、自分たちも後に続こうと思っていたのだろう。はっきり言われたわけではないが、きょうだいのように育ったふたりだった。黙っていても、そういう気持ちは伝わってくるし、窃盗団を続けるのなら、それがいちばん収まりがいい未来であるのかもしれなかった。

だが、嘉一には杏樹と別れるつもりはなかった。生まれて初めて経験した恋は、熱病にも似ていた。その熱病は、ただ単に浮かれた気分にしただけではなく、人格の根本的なところを様変わりさせてしまったようだった。

かつては自分の命より大切に思っていた仲間のひとりを泣かせているのに、なんとも思っていない自分に気づき、ゾッとした。はっきり言って鬱陶しく、早く話を切りあげて杏樹と電話で話したいと思っていたほどだ。

団を抜けた嘉一は、健康食品会社のセールスマンになった。雑居ビルの一室でやっている小さな会社だったし、なんとなく胡散臭い雰囲気が漂っていたので、でたらめな履歴書でもぐりこめた。メイが言うように、学歴もなければ一般常識もないことを恐れていたが、三カ月もしないうちにトップの営業成績を叩きだした。学校を出ただけのやつらは無能揃いでやる気もなく、負ける気がしなかった。教科書に載っていることはなにひとつ知らなくても、一般常識のほうはそれなりに身についていたし、空気も読めた。泥棒は、一見してあやしかったら、仕事にならないのである。

杏樹との関係も良好だった。週に一度はデートをし、体を重ねた。処女ではなくても経験は少なかったのだろう、初めのころは羞じらってばかりいた彼女も、次第にセックスに慣れていった。嘉一は野外性交から乱交まで様々な経験があったが、杏樹の嫌がることは決して強要しなかった。フェラチオさえ求めなかったくらいだった。そのぶん、彼女が自分からしてくれたときは、言葉ではとても言い尽くせないほど感動した。

しかし――。

蜜月は長くは続かなかった。一年ももたなかった。別れ話をする席に、杏樹は女友達を連れてきた。別れ話をされるなんて思っていなかった嘉一は、呼びだされたカフェでふたりと相対するなり、不穏な空気を察した。

杏樹は眼を合わせてくれないし、女友達のほうは険しい表情でこちらを睨みつけていた。

「もう、あなたとはお別れしたいそうです」

話を切りだしてきたのは、女友達のほうだった。大学のイベントサークルの先輩らしい。

嘉一は衝撃を受けるとともに、キレそうになった。

「キミには関係ない話じゃないかな？　なぜ同席してる？」

「あなたの察しが悪いからですよ」

女友達は鼻で笑った。

「杏樹はもう、何カ月も前から別れのサインを出しているのに、あなたは涼しい顔でスルーしてばかりいる。だから、困った彼女はわたしに相談してきて……」

「別れのサイン？」

嘉一は眉をひそめた。

「いったいなんなんだ、それは……」

先週も杏樹とデートした。映画を観て食事をし、ラブホテルに行くという定番のコースだったが、彼女はそれなりに楽しそうにしていた。とくにセックスでは激しく乱れた。事後、もう少しでイキそうだったと、眼尻の涙を指で拭いながらささやいてくれた。

「杏樹から話を聞いて……」

女友達が言った。

「どっちのパターンなんだろうと、わたしは思ってました。杏樹の気持ちに気づいているのに気づいていないふりをしている図々しい男か、女心をなにも察することができない鈍感か……いま後者だってわかりました。つまり、あなたは悪人じゃない。でも、女を幸せにすることはできない……」

「ちょっと待ってくれよ」

嘉一はさすがに焦った。

「鈍感なら鈍感でかまわない。でも、本当に別れのサインなんて出してたのかい？　俺のどこに不満があったのか、はっきり言ってくれよ。言ってくれないとわからないから……」

杏樹に向かって訴えた。ずっとうつむいたままだった。しかし、しばらくすると覚悟を決めたように顔をあげ、嘉一を見た。

「はっきり言っていいですか？」

「ああ」

「エッチが……全然気持ちよくない……」

予想もしていない言葉だった。

「嘉一くん、あそこが小さすぎるのよ。わたし、他の男の人だと、ちゃんと中イキするもの。でも、嘉一くんとは一度もイケなくて……慣れれば違うかもしれないと思ったけど、全然ダメで……それなのに嘉一くん、何度も何度もしつこく求めてくるから、わたし、もうやだ……」

放心状態に陥った嘉一を残して、杏樹と女友達は店を出ていった。ひとり取り残されても、嘉一は立ちあがることができなかった。二、三時間もじっと動かず、焦点の合わない眼で誰もいなくなった席を見つめつづけていた。

自分のペニスが人より小さいという自覚はあった。

乱交などしていれば、自然と他の男根も眼に入ってくるからだ。最初にタクミくんのものを見たときは、かなり動揺した。嘉一のゆうに一・五倍は太かった。黒光りを放ち、禍々しいほど長大な田中さんのイチモツには度肝を抜かれ、見なかったことにしようと思ったくらいだ。

しかし、団の中には短小をからかったり、咎めたりする者はいなかった。みんなやさしかった。「女のあそこは収縮自在だから、男の大きさってあんまり関係ないんだよ」と、ねえさんたちは言ってくれた。メイなどは「あそこの大きい人って、自信満々で女を抱くからわたしは苦手」とこっそり耳打ちしてくれたりした。

家族であり、きょうだいだったからだろう。

団の中でのセックスは、親愛の情を深める行為であり、ストレス解消だった。言ってみれば、家族で貸切温泉に浸かり、背中を流しあって、どんちゃん騒ぎの宴会をするようなものだ。

けれども、本物のセックスはそういうものではなかった。杏樹を初めて抱いたとき、そう思った。本物のセックスは、切り結ぶものなのだ。愛という白刃で、斬るか、斬られるか……立ち会った者だけが、なにかを共有できる。家族でなくても、きょうだいでなくても、情が芽生える。

うまくいっていると思っていた。なのに杏樹は嘉一のセックスに不満をもち、ばっさりと斬り捨ててくれた。

嘉一は傷心の旅に出た。

東京にいたくなかった。一緒に行ったレストランやカフェや映画館やラブホテル街や……東京の街はどこに行っても、杏樹との思い出ばかりが蘇ってきて、平静ではいられなかった。

海を見て歩いた。砂浜を延々と歩いたり、港でカモメを眺めながらぼんやりしたり、抜け殻のような状態で二、三カ月を過ごした。時間が忘れさせてくれることを期待したが、心の傷は深くなっていくばかりで、食事もろくに喉を通らず、体重はどんどん減っていった。

ただフラれただけならば、あるいは立ち直ることができていたかもしれない。しかし、嘉一は恋に浮かれて、家族やきょうだい同然の人々を捨てたのだ。窃盗団は犯罪者グループだが、行くあてのない自分を大切に育ててくれた故郷だった。法律に則って生きていれば、嘉一はとっくに自殺していた。そんな人たちをしたたかに裏切ってしまったのだ。ペニスが小さいという理由で自分を捨てた女のために……。

嘉一をさらに傷つけたのは、にもかかわらず、気がつけば杏樹を思い浮かべて自慰ばかりしていることだった。暗いビジネスホテルのシングルルームで、あるいは敷きっぱなしの旅館の布団の上で、一日に三度も四度も射精していた。杏樹には全否定されたけれど、嘉一にとっては最高のセックスだった。忘れることなど到底できず、忘れようとすれば夢に現れた。

そんなある日、タクミくんから電話がかかってきた。団を抜けてから初めてのことだった。風の噂に嘉一の恋の顛末でも耳にしたのか、あるいは団に復帰しないかという誘いなのか、いずれにしろ話をしたくなかったので出なかった。

「言おうかどうしようか迷ったんだが……」

留守番電話が残っていた。

「メイが死んだ。ビルの屋上から転落したんだ。おまえがいなくなって、おまえの穴を埋めようと頑張って……だが、まさかこんなことになるとは……団を抜けたおまえにはもう関係ないことかもしれない。上の人もそう言ってる。だが、俺は知っておくべきだと思った。どこでなにをしているのか知らないが、せめて冥福を祈ってやってくれ……」

嘉一はこのとき、人間という生き物はあまりに哀しすぎると泣くこともできないのだと知った。自分のせいだと思った。メイも鍵を開けるのが得意だったが、それ以上に運転技術がすぐれていたので、たいていクルマで待機していた。転落死するほど高いビルの屋上なら、本来そこに登るのは身のこなしの軽い嘉一だったはずだ。メイはその穴を埋めようと代わりになったに違いない。

嘉一は涙を流す代わりに、浴びるように酒を飲んだ。酔うほどに、幼少時からのメイとの思い出が走馬燈のように蘇ってきて、さらに飲まずにいられなかった。メイに謝りたかった。謝りにいこうと思った。あの世に行けば謝れるはずだと泥酔状態で海に入り、溺れて意識を失った。

第四章　わたしは悪女？

1

窓の外がオレンジ色に染まっていた。

見事な夕焼けだった。

昨日、嘉一にあてがわれている部屋から夕陽を拝めなかった。窓の向きのせいか、カーテンを引いていたからか、あるいは夕食前にひと眠りしていたせいかもしれない。

海も空もあたり一面を照らすオレンジ色と、迫りくる夜の漆黒がからまりあい、太陽がまるで命を惜しむようにギラギラと燃え盛っている。その光は、ベッドの上で裸で横たわっている嘉一と櫻子にも届き、荒淫の余韻で汗ばんでいるふたりの顔を照らしだす。

四度の射精を果たした嘉一は息も絶えだえで、精根尽き果てた気分だった。これほど執拗に女体を求めたのは、杏樹と付き合っていたとき以来だった。あまりに性急に射精を求めすぎて、精巣がからっぽになってしまった気がした。

　悪い気分ではなかった。むしろ、笑ってしまいそうだった。自分という男は、なにもわかっていなかったと思った。夢中になって櫻子を抱いたことで、人生のひとつの真理に気づかされた。

　上には上がいる……。

　考えてみれば当たり前のことなのに、杏樹にフラれたばかりの嘉一には、彼女以上の女が地球上に存在しているとは思えなかったのである。

　まったく馬鹿げた話だ。いま隣で呼吸を整えている女をよく見てみればいい。汗で化粧が流れてなお、その顔立ちは杏樹などより何倍も整っていて、気品すら感じられた。乳房の大きさも、ヒップの形も、ウエストのくびれ具合も比べものにならず、AV女優とハリウッドセレブくらいの差がある。あれほど嘉一の心を躍らせた杏樹の清潔な素肌だって、櫻子の手のひらに吸いついてくるような餅肌に比べれば、子供じみていると言わざるを得ない。

　そしてなにより抱き心地だ。

　窃盗団にいたときも含めて、嘉一は女をきっちり絶頂に導いたことがなかった。クンニなどではイカせることができても、いわゆる中イキをさせたことがない。

それがどうだ。櫻子は、短小の自分が相手でも、何度となくオルガスムスに昇りつめていった。演技とは思えなかった。ゆうべ極太ヴァイブと電マでイカせたときと、同じリアクションだったからだ。

櫻子が絶頂に達すると、繋がった部分を通じて体の痙攣が伝わってきた。ヴァイブで責めていたときも、彼女はすさまじい痙攣を見せたが、見ているのと繋がっているのでは感動の質がまるで違った。

嘉一は興奮や欲情というレベルを超え、ほとんど熱狂していた。

これが本物のセックスなら、いままで味わってきたものはみんな偽物なのかもしれないとさえ思った。

離したくなかった。

櫻子を抱いていれば、杏樹のことなどすっかり忘れることができそうだった。おそらく、もう二度と杏樹を思い浮かべて手淫に耽ることはない。どうせなら、櫻子のことを思い浮かべる。彼女を絶頂に導いたときの顔、汗ばんだ肌の感触、結合部から伝わってくる痙攣を思い浮かべれば、いまからだって手淫に耽れそうだ。

しかし……。

櫻子は複雑な事情を抱えていた。

拉致事件の被害者かもしれず、その体は変態性欲者によって調教され、そんな生活を嫌悪しつつも島から出るのが怖いという。

複雑すぎて頭がくらくらしてくる。

「……あっ」

櫻子が窓の外を見て、唇を丸くした。

「帰ってきちゃったみたい……」

夕陽に燃える海を、一隻の白いクルーザーが横切っていく。

間宮が帰ってきたのだ。

「ねえ……」

櫻子が腕をつかみ、すがるような眼を向けてきた。

「夕食がすんだら、またこの部屋に来て」

「……来てどうするんです？」

「エッチしたくない？」

嘉一は驚いて息を呑んだ。こちらは四度目の射精を果たしたばかりだったが、彼女のほうはそれ以上の回数、絶頂に達しているのだ。

「心配しなくても、ごはんを食べてひと休みすれば元気になるわよ。それにね……わたし、セクシーな服とか下着とか、いっぱいもってるの。あなたがむらむらするような格好してあげる。ね、楽しそうでしょ？」

たしかに楽しそうだったが、

「間宮さんが家にいるのに、するんですか？」

嘉一は眉をひそめた。

「いるからするのよ」

櫻子はきっぱりと答えた。

「あなたがこの部屋にいれば、間宮は扉をノックしたりしない。ああ見えて小心な男なのよ。でもね、あなたがいなければ、絶対に来るわけ。それで……地下室に連れていかれる。両手を縛られて、鞭で叩かれる。あなた平気なの？　わたしがあの男に鞭で叩かれても」

「いや、それは……」

嘉一は苦りきった顔になった。

「平気じゃ、ないです」

「だったら、来てくれるわね。よかった。約束よ」

櫻子は笑顔を浮かべてベッドから抜けだし、クローゼットに並んだドレスを物色しはじめた。その後ろ姿は、まるで妖精のようだった。この世のものとは思えないくらい魅力的だが、存在にリアリティがなさすぎて呆然としてしまう。

そんなに地下室での行為が嫌ならば、断ればいいではないか――喉元まで出ている言葉を、嘉一は呑みこんだ。

そうしたくてもできない理由が、おそらくあるのだろう。櫻子と間宮の関係は、一朝一夕のものではなく、何年もかけて築きあげられている。嘉一には想像もつかないような深い闇が、そこに隠されているに違いない。

2

ふたりに笑顔がないのはいつものことだった。

間宮は仏頂面で料理をサーブし、櫻子はそれを黙々と口に運ぶ。

ジャコを使ったサラダ、白身魚のマリネ、よく煮込まれたビーフシチュー、焼きたてのパンに至るまで、冷静に味を吟味してみれば、どれも絶品だった。すべて間宮の手づくりだと思うと、尊敬の念さえこみあげてきた。

いったいなんのためなのだろう？

富裕層にとっては料理も教養のうちなのかもしれないが、ここまで凝った料理をテーブルに並べる必要があるのだろうか。しかも、自分は一緒に食べないのだ。本物の執事さながらに皿を出し、食べ終われば片付け、絶妙のタイミングでグラスにワインを注ぎこむ。

「……ごちそうさま」

櫻子がナプキンで口を拭いながら言った。メインのビーフシチューを半分以上残していた。

「今日はなんか疲れちゃった。先に休みます」

食後のコーヒーを出そうとする間宮を制して立ちあがった。彼女が、嘉一より先に席を立ったことはいままでない。意味ありげな行動を通り越して、早く部屋に来てと急かされたような気がした。

嘉一はまだ食事がすんでいなかった。急にかきこむのも不自然なので、じっくりと味わって出されたものはすべて平らげた。四度も射精したせいで、体がエネルギーを欲している感じだった。

間宮が皿をさげにやってくる。

「どうも、ご馳走さまです」

嘉一は一礼したが、我ながら心のこもっていない言い方だと思った。手の込んだ料理くらいでは、水に流せない憤りを抱えていた。クルーザーを出すなら、なぜ声をかけてくれなかったか、納得がいかなかった。

もちろん、そのおかげで、櫻子と体を重ねる展開になったわけだが、それとこれとは話が別だ。こちらが寝ている間に置き去りにするなんて、悪意を感じずにはいられないし、それはただの悪戯の類いではないはずだった。

間宮はゆうべ、地下室をのぞいていた嘉一を、裸で吊られている櫻子とふたりきりにして立ち去っていった。その流れからの置き去りなので、なにか悪いことを企んでいるのではないかと勘繰らずにはいられなかった。

まさか……。

櫻子に続いて自分まで、この島に監禁しようとしているのだろうか。理由はわからないが、櫻子の体を餌にして……一瞬、皿をさげていた間宮と眼が合った。そんなつもりはなかったが、つい睨んでしまった。

「心外だな」

間宮が唇を歪めて言った。

「そんな眼で見られるのは心外だ。断っておくが、キミをこの島に残そうとしているのは、私じゃない。彼女だよ」

「えっ……」

驚いて絶句した嘉一をよそに、間宮は皿を持ってキッチンに消えていった。

いったいどういう意味だろうか？

櫻子が自分をこの島に残そうとしている？

間宮はなかなか戻ってこなかった。コーヒーを淹れているのかと思ったら、ウイスキーのボトルを持って戻ってきた。もう片方の手には、小ぶりのショットグラスがふたつ。

間宮は、先ほどまで櫻子が座っていた椅子に腰をおろすと、魂までも吐きだすように深く息を吐きだした。彼がこのリビングで椅子に座っているのを見たのは初めてだった。

「飲むかい？」

ウイスキーをグラスに注ぎながら間宮が言い、

「……いただきましょう」

嘉一は胆力をこめてうなずいた。

話があるからこその酒、だと思った。ならば断るわけにはいかない。腹を割って話がしたいというのなら、応じるのはやぶさかではなかった。酒を飲んで本音を吐露したいというのであれば、ぜひとも聞いてみたい。

乾杯はしなかった。小さなグラスなので、間宮は一気に飲み干した。嘉一もそれに倣う。癖の強いシングルモルトだった。量は少なくとも、ストレートだから喉が焼けて、胃が燃えあがった。水が欲しかったが、間宮のペースを崩したくなかった。

「いくつだと思う？」

間宮がふたつのグラスの酒を注ぎながら訊ねてきた。

「私の年だよ。つまらない質問だが、まあ、率直に言ってみてくれ」

「……五十代、ですよね」

少し遠慮がちに答えた。

「そうか？　還暦を過ぎているようには見えないかな？　でもね、実年齢は三十三だ」

「……嘘でしょ？」

「本当だ。おまけに、三年ほど前までは、年相応の容姿をしていた。急に老けたんだ。髪の毛なんかも真っ黒でね。まあ、三十そこそこじゃたいていの人間が真っ黒だよな。でも、朝眼を覚まして鏡を見ると、ひどく白髪が増えていることが続いた。真っ白になるまで、一週間もかからなかったんじゃないかな。顔の皺もそうだ。我ながら特殊メイクを観ているみたいだったよ……」

間宮は冗談を言っているような雰囲気ではなかった。しかし、口調が異常に淡々としているので、感情が伝わってこない。一週間で急に頭髪が真っ白になってしまうなんて、腰が抜けるような大事件だと思うが、彼の口調には驚きがひとつも込められていない。

それも当然、という感じなのである。

いったい、なにがあったのだろう？

「彼女を気に入ったかい？」

間宮が訊ねてきた。

嘉一は言葉を返せなかった。安易にリアクションをしてはならない、と自分を戒めていた。こちらが間宮から聞きだしたいことがあるように、間宮も嘉一から聞きだしたいことがあるに違いなかった。

ゆうべ、自分が立ち去ってから地下室でなにが起こったのか？

今日の昼間、自分がいない間に、櫻子とどうやって過ごしていたか？

間宮はつかみどころのない男だから、こちらに真相をしゃべらせておいて、突然逆上するという展開も考えられる。

「キミにその気があるなら、彼女を譲ってもかまわない」

間宮はグラスを空け、さらに酒を注いだ。

「いや、すまない。彼女を譲るというより、私の立場を譲ると言ったほうが正確だな。私は島を出て、キミは島に残る。どうだい？　その気はあるのかな？」

嘉一が黙っていると、

「今日はずいぶんと警戒心が強いんだな」

間宮はさらにグラスを空けた。ハードリカーをそんなふうに呷る男と相対しているのは緊張した。火のついた導火線を見ている気分だった。

「どうなんだい？　彼女について率直なところを聞かせてくれよ。そのために飲んでる」

グラスを空け、嘉一にも空けるように迫ってくる。空ければ、次の酒が注がれる。答えなければ潰れるまで飲まされそうだ。

「素敵な人だと思いますよ……」

震えそうになる声を、必死に落ちつけて言った。

「でも、それ以上に同情を誘います。こんな孤島に幽閉されて気の毒だと……」

間宮が笑った。狂ったような高笑いだった。

「幽閉？　幽閉だって？　中世のお姫さまじゃないんだぜ。いや、お姫さまなのかもしれないけどね。キミはなんにもわかっていない。まあ、わからなくて当然だけど、彼女は同情を必要とするタイプの人間ではない。事情を知れば、誰だってそう言うに決まっているよ」

「じゃあ、どういうタイプの人間なんですか？」

間宮は酒を呷った。高笑いはおさまっていたが、ニヤニヤと気持ちの悪い笑みをこぼしていた。それは、嘉一が初めて見る彼の笑顔だった。高笑いをあげているときから、眼だけは笑っていなかったが……。

「彼女は悪い女なんだ」

タイをゆるめながら言った。

「悪女、毒婦、魔性の女……言い方はなんでもいいが、男を食い尽くすタイプの女でね。これだって……」

自分の白髪を指差して言った。

「あの女のせいでこうなった。まだ三十そこそこなのに、まるでご隠居さんのように老けちまったのは、あの女と関わったからだ」

見開いた眼球が血走っているのは、酒のせいだけではないようだった。間宮は呼吸を整えるように少し間をとってから、長い告白を開始した。

3

あの女は、もともと凄腕の詐欺師だったんだ。結婚詐欺とは少し違うから、色恋詐欺とでも言えばいいかな。相手は老人専門でね。

金は溜めこんでいるが棺桶に片足を突っこんでいるような年寄りを探しだして、あの手この手で貢がせるってわけさ。

そのやり口は、水商売の女が可愛く思えるくらいえぐいものだった。なんにだってルールというものが存在するが、ネオン街で蠢いている男と女はキツネとタヌキの化かしあいじゃないか。要するにどっちもどっちだ。ある意味フェアだと言えないこともない。
だが、あの女は、夜の街でブイブイ言わせているような輩には、決して近づいていかない。弱った年寄りだけを獲物にするハイエナだ。おまけに、銀座のナンバーワンが裸足で逃げだすほど器量がいいから始末が悪い。見てくれがいいだけじゃなく、頭もよければすこぶる気もきく。皿洗いすらしたことがないような顔して、独居老人の家を健気に掃除したりするんだよ。

どうせ四角い部屋を丸く掃いたりするんだろうが、弱った獲物にはこれが効くんだ。もうなにもしなくていいから座ってなさい、って逆に年寄りに気を遣わせたりすることになる。

ちょっと前に、デブでブスで年増な女が年寄りに保険金かけて次々殺していった事件が、話題になったことがあるじゃないか？

あの程度のルックスの女のほうが老人は安心して、心を許してしまえるんじゃないかなんて分析している評論家がいたけど、どうかしてる。あのデブスは例外なんだ。いまこのときだって、淋しい年寄りを騙して大金をガメている女はたくさんいるだろうが、みんな美人だよ。考えてみろよ。いつ三途の川を渡るかわからないってのに、あえてデブスの年増に側にいてほしいなんて思うわけないじゃないか。みんな美人で頭もいいから、悪事がめくれないだけさ。殺人なんて馬鹿なことはしないで、稼ぎまくってる。

そんな中でも、あの女──櫻子は別格だったんだろうな。いま二十七だが、十九、二十歳なんて年ごろは、それこそダイヤの原石だったに違いない。想像するだけで恐ろしくなってくるよ。いつから詐欺を始めたのかは知らんがね。二十歳の彼女に言い寄られた爺さんは、それこそ天女が舞い降りてきたと思ったんじゃないかな。

私はもともと週刊誌なんかに記事を書いているフリーライターだったんだ。事件記者に憧れてそんな仕事に就いたんだが、うだつがあがらなくてね。収入の柱は、レイプ事件の公判を傍聴して官能小説仕立ての記事を書くというものだった。もうすぐ三十歳というときだったし、金もないのに結婚して子供までつくっちまって、このままじゃまずいと焦っていた。

そこにあの女の噂が舞いこんできたんだ。

教えてくれたのはスナックのママさ。新宿とか池袋とか、そういうでかい繁華街にある店じゃない。私鉄沿線にある地味なスナックだった。五反田と蒲田を繋いでる……池上線か。庶民的な商店街がいくつかあって有名だけど、富裕層の豪邸もけっこう建っててね。富裕層というか、昔ながらの金もちだな。そういう連中が飲みにいくような、客筋がいいのにざっくばらんな雰囲気な店──昭和を生きた男たちがこよなく愛する、ちょっとばかり場末感が漂っているようなスナックを、あの女は猟場にしていた。

　最初は客として行くんだよ。ひとりでね。喉が渇いたからビール一本だけ飲ませてください、とかなんとか言って……ママもボーイもビビるよ。カラオケ歌ってる客だってそうさ。なんでこんな若くて綺麗なお嬢さんが、ひとりでスナックに入ってくるんだろうって思うよな。するとあの女は言うわけだ。田舎で母がスナックをやっているから懐かしくなって、とか恥ずかしそうに……もちろん、真っ赤な嘘だよ。うちは母ひとり子ひとりだったんで、開店前のお店でごはんを食べたり、宿題をしたりしてました、とかね。全部嘘だ。

　でも、スナックのママなんてシングルマザーばっかりだから、他人事には思えないだろうし、カラオケを歌わずに聞き耳をたてていた客だって色めき立つ。お嬢さん、ビール代こっちにつけさせてくれよ、なんて声をかけたりして。

　そうなれば、あの女の思う壺だ。週に何度も通うようになって、ホステスでもないのに甲斐甲斐しく酒を出したり、皿を下げたりするわけだ。もはや、ママをも凌ぐ人気者になって、常連客は鼻の下を伸ばしっぱなし。

　結局、その店では、二、三百万単位の金を貢いだ客が、三人もいたっていうからね。で、ある日突然、姿を見せなくなり、連絡もつかなくなって終わりさ。二、三百万というのがミソなんだろう。それなりに財産をもっている年寄りにとっては、致命傷にはならない額じゃないか。ママは怒り狂ってたけど、その店の客であの女の悪口を言う男はひとりもいなかったらしい。金を騙しとられた人間が、きっと抜き差しならない事情があったんだろうとか、いい夢見せてもらったなんて言ってるらしいから、当然事件にもならない。

ママに話を聞きながら、私は体が熱くなっていくのを感じていた。うだつのあがらないフリーライターが、初めてでかいネタに遭遇したわけだから、ママには悪いけど興奮を隠しきれなかった。

完全にプロの手口だと思ったね。

あの女がその店に出入りしていた期間はひと月ほどだったらしい。それで、最大九百万の金を引っ張ったとなれば、それを繰り返せば年に億の金を稼ぎだせるわけじゃないか。

私は彼女の足取りを追った。と言っても、身元がわかるようなことは当然なにも残していないからね。彼女の出没しそうな街を特定して、スナック巡りだ。似たような話を、耳にタコができるほど聞かされたよ。もちろん、それがすべて彼女の仕業なわけがないし、噂に尾ひれがついて都市伝説化している話のほうがずっと多かった。

ただ、一年もコツコツとスナック巡りをしていると、「知りあいの知りあいで……」という曖昧な話ばかりじゃなく、「一緒に働いていたホステスでそういうことやってた子がいた」とか、「実はわたしも百万ほど貢いだことがありまして」なんていう男と知りあうこともできるようになった。

スマートフォンで撮った写真を見せてもらったけど、本当に美人ばかりだったな。誰も彼も、これなら騙されてもしようがない、というレベルなんだが、私は直感的に、自分が追っている女とは違うと思った。

なんていうか、みんなタレントやモデルみたいなんだよ。髪が茶色い巻き髪で、すらっとしたスタイルで、無駄におしゃれで……たしかに高めの女ではあるんだが、私が最初にママから聞いた印象は、そういうタイプとはかけ離れていた。もっと美しさに深みがあるというのかな、育ちのよさそうな上品な女を、私はイメージしていたんだ。

結局、スナック巡りでは彼女の足取りをつかむことができなかった。

しかし、ひょんなことから、ある日突然、私は彼女と対峙することになる。

ちょうど三年前のことになるな。資産家の遺産を巡って、遺族と愛人が対立する事件があった。亡くなった資産家は、遺族ではなく愛人にすべての資産を残すという正式な遺言を残していたんだ。もちろん、そんなことは法律的にも認められないわけだが、怒り狂った遺族は、婚姻関係にない愛人風情にはビタ一文渡すことができない。これは悪辣な後妻業の一種であり、彼女は犯罪者だって週刊誌でぶちあげたんだよ。

私が寄稿している週刊誌のライバル誌だった。

そこで、我がほうの編集部は、愛人の肩をもつことになった。肩をもつというか、独占インタビューで、彼女の言い分をしっかり伝えようとしたわけだ。

インタビュアーに私が指名されたのは、幸運としか言いようがない。その一年ばかり、色恋詐欺だのなんだの、私がよく口にしていたからだろうね。大抜擢だったんで、私は緊張に体をぶるぶる震わせながら、愛人の待っている会議室の扉をノックした。

そこにいたのがあの女——櫻子だった。会議室には大きな白いテーブルがあって、そのいちばん奥の席に静かに座っていた。

ひと目見ただけで、私は確信したね。いま目の前にいる女が、一年間追いつづけた女だって。いくら都内のスナックを血眼で探しても見つからないはずさ。彼女はスナック通いなんてしなくていいほど、大物を咥えこんでいたんだから。

当時二十四歳……愛人、という言葉がまったく似合わないくらい若くて可愛らしかった。よく見れば震えるほど気品がある美形なんだけど、若かったから華やかで可愛い印象が勝っていた。

殺風景で薄暗い会議室が、いつになく明るく感じられたくらいだからね。なにを着ていたのかは覚えていないけど、彼女が放っていたまぶしさだけはいまでもありありと思いだせるから、すさまじいオーラだった。

演技力のほうもね、大変なものだったよ。インタビューを始めるなり、いきなりさめざめと泣きだして……なにを訊いても、わたしはあの人を愛していただけです、しか言わないんだ。恋愛関係になって一年あまりで、すべての遺産を受け継ぐなんておかしいとご遺族は言ってますが、なんて訊くと、号泣だよ。いくら若いったって、二十四歳のいい大人が、赤ん坊みたいにギャン泣きするんだからまいったよ。

これじゃあ記事にならないと思った。私は、ほぼ唯一の安定した収入源である、レイプ裁判の仕事を失うことまで覚悟したな。

それにしても不思議なのは、泣いているだけなら、独占インタビューを受ける必要なんてないじゃないか。彼女の目的は後からわかるんだが、とにかくそのときは、これじゃあ誌面が埋まらないので、写真を撮らせてくれないかと頼んだ。写真はNGという話だったんだけど、顔にモザイクを入れるからと懸命に説得した。もちろん、紙面の問題だけではなく、私は個人的に、彼女の写真をなにがなんでも手に入れる必要があった。

なんとか了解を得て、編集部にカメラマンを呼びにいくと、異変を察したんだろうね、編集長が近づいてきて事情を訊ねられた。私は正直に伝えたよ。

編集長は苦虫を噛み潰したような顔で、会議室についてきた。どういうわけか、デスクや若手の記者なんかも、野次馬でぞろぞろついてきてね。

編集長が、いやあ大変だったですねえ、みたいなどうでもいいことを言って隣に座ったら、また涙。私はいささかうんざりしていたが、そのうちあの女は、編集長の胸に飛びこんで泣きじゃくりはじめたんだ。

結果、私に命じられた次の仕事は、「彼女を徹底的に擁護しろ、遺族のほうの不審点を洗え」というものだった。私は絶句して、しばらく言葉を返せなかった。普通ならボツになってもおかしくない案件だよ。いくらライバル誌の逆張りをするといっても……。

だが、編集長を始め、そのとき会議室をのぞきに来ていた野次馬も含めて、全員があの女のファンになっていた。まったくたいしたタマとしか言いようがない。自分はなにも証言しないまま、涙一発で海千山千の連中から全面擁護を手に入れたわけだから……。

4

そんなわけで、私は社員記者のひとりと組んで、遺族のほうの背景を洗いはじめた。するとと出るわ出るわ……おそらく、あの女は最初から知っていたんだろう。亡くなった資産家には男女ふたりずつ四人の子供がいたんだが、ギャンブル狂で闇金に金玉握られてる長男、あやしげな新興宗教にどっぷりの長女、いまにも潰れそうな外車ディーラーの次男、末っ子の次女が結婚した相手に至っては、広域暴力団の準構成員だった過去まであって、あっという間に誌面は埋まった。

反響はかなりあって、編集長はホクホク顔だったが、私の興味は遺族になんかなかった。時間ができ次第、例の池上線沿線にあるスナックに飛んでいったよ。

写真を見せるなりママは眼を丸くし、続いて夜叉のような顔になった。泣き顔のカットしかなかったのに、この子に間違いないと断言した。

私は決断を迫られた。

編集部の方針は「愛人擁護」だ。彼女がすべての遺産を引き継ぐのは無理だとしても、正当な遺書があるにもかかわらず、犯罪者呼ばわりはあんまりだ。せめて遺産の何分の一かは彼女に渡すべきではないだろうかという論調で、私は記事を書いていた。遺族の面々が金の亡者ばかりであることを暴いていたので、それなりに説得力があったと思う。

しかし、愛人が詐欺師となれば話はまったく違ってくる。金の亡者と詐欺師では、詐欺師のほうが悪いに決まっているよな。スクープすれば、他の被害者も名乗りをあげる可能性だって出てくる。

編集長を説得するにしろ、逆にライバル誌にネタをもちこむにしろ、私の今後のフリーライター人生は、この案件をどう扱うかにかかっていると思った。酒も飲まずに、ひと晩じっくり考えたよ。

結論は、とにかくもう一度彼女に会ってみようということだった。スクープしてしまえば、敵意を露わにされるだろうし、まともに話すことはできなくなるだろう。その前に、まだ猫を被っている状態で、もう少し観察してみたかったわけさ。稀代の色恋詐欺師のね。

連絡を入れると、彼女は面会を快諾してくれた。私が書いた、遺族兄弟を腐す記事を気に入ってくれたようだった。

会ったのは、西新宿にあるホテルのバーだ。彼女は当時、そのホテルで暮らしていた。贅沢な話だが、おそらく亡くなった資産家がずいぶん先まで宿泊料を払っていたんだろう。

そのときの彼女は服装は、よく覚えている。ワインレッドのパンツスーツだった。といっても、そんなに派手な感じじゃなく、落ち着いた色合いだったけど、タイトなシルエットだったから、セクシーと言えばセクシーだった。

妙にニコニコ笑っていてね、会議室で泣きじゃくっていた女とは別人のようだったよ。

私たちは夜景の見えるカウンター席に並んで腰をおろした。

彼女はカクテルに詳しくて、勧められるままにどぎつい赤や緑の酒を飲まされたな。もちろん、ちゃんとしたホテルのバーだから味はまともだったし、なによりその日の彼女はとてもリラックスしていたから、私も気をゆるめてしまった。

カクテルは色が綺麗で口当たりがよくても、アルコール度が高いだろう？　いつもより早く酔ってしまったかもしれないなんて思っているると、ジャズピアノの生演奏が始まったりしてね。目の前は圧倒されるような夜景で、隣を見ればほんのり頬を赤く染めた美女の横顔……。

まずいと思ったよ。いきなりシリアスな話はしないつもりだったんだ。また号泣されても困るしね。まずは彼女の人となりを知りたかったから、彼女が披露してくれるカクテルのうんちくに耳を傾けたり、こっちは最近観た映画の話をしたりしていたんだが……。

わたしはいつの間にか、彼女のペースにすっかり嵌（は）まって楽しんでいたわけさ。その日の彼女はとにかく気さくで、なるほどこれはモテるはずだと感心したけれど、自分の立場を忘れるわけにはいかなかった。

私は彼女の悪事を暴き、糾弾しようとしているんだからね。楽しんでばかりいないで、そろそろ核心に迫る話をしなければならなかった。

すると、彼女のほうから、

「間宮さん、なにかわたしにお話があったんじゃないですか？」

不意に真顔になって訊ねてきたんだ。

「この前の会議室で、間宮さんだけわたしを見る目が違いましたもんね。なにか疑われている感じがしました」

彼女はつまり、少女のように泣きじゃくりながらも、まわりをきっちり観察していたわけだ。たいした女優だよ。

私は思いきって、つかんだ事実を突きつけてやることにした。彼女が席を立ってしまう可能性は高かったが、このまま楽しくカクテルタイムを過ごしていたって、しかたがないと思ったんだ。

「たしかに私はあなたを疑っている……今回の件、遺言についての話じゃない。それはいま、仲間が洗っています。私が気になっているのは……」

池上線沿線のスナックの話を、振ってみた。三人の客が、あなたによく似た女に数百万単位の金を貢ぎ、行方をくらまされたと……。

「よく知ってますね」

驚いたことに、櫻子は事もなげに肯定した。「それがなにか?」と言わんばかりだった。

「最初から色恋詐欺のつもりだったんじゃないですか?　甘言をささやいて金を騙しとろうと……」

「まあ、そうです」

「悪いことをしてる自覚は……」

「ありますよ。でも、仕事ってそういうものじゃありません？　他人のプライヴェートを暴く記者さんの仕事だって、見方によっちゃ悪いことじゃないですか。取材対象に悪いなと思っても、仕事だから書くし、仕事だから発表するわけですよね？」

「我々は法を犯したりしていない」

「それはご立派」

櫻子はクスクスと笑った。けっこう長い間、笑っていた。私は自分の顔が熱くなるのを感じていた。口論に負けた気はしなかった。自分が間違ったことを言ったつもりもない。

なのに、ひどく恥ずかしかった。なんというか……大げさに言えば、人間としての格の違いを思い知らされた感じがしたんだ。彼女は潔かった。少なくとも、私よりは……私が知っているメディア関係者の誰よりも……。

「コンプライアンスがそんなに立派なことなら、書いていただいてけっこうですよ。間宮さん、文章お上手だから、きっとわたし、とんでもない悪女に書かれちゃうんでしょうね」

櫻子はまだ笑っていた。

「あえて悪い女に書いたりはしません。我々はただ事実を……」

「本当に？」

眼の奥をのぞきこまれ、私はたまらず顔をそむけた。潔い彼女に対して、私は私の中に、後ろめたいなにかがあった。

「じゃあ、ちゃんと調べて書いてくださいね。予想はついていると思いますけど、わたしがスナックのお客さんに貢いでもらったのって、そのお店だけじゃないですから。いまお店の名前がパッと出てきませんけど、首都圏だけでも十カ所以上、名古屋でも、大阪でも、広島でも、福岡でもやってます。刑事事件になったのはひとつもありませんけどね。たぶんですけど、貢いでくれた人たちは、逆にわたしに感謝している……」

「いったい……」

私は声を震わせた。

「いったい、その自信はどこからくるんだ？」

「記者さんならご存じだと思いますけど……」

彼女は笑顔を引っこめ、ドライマティーニをひと口飲んだ。顔立ちが整いすぎるほど整っているから、真顔になると柔らかさが消え、ひどく硬質な印象になる。凜々しさに威圧感があるんだ。私は一瞬にして気圧されてしまった。

「どんなことだって、真実を知るのは勇気がいりますよ。それでも知りたい？」

私は彼女の顔を見ていた。腹の中を探ろうとした。いくら見つめても、なにを考えているのかさっぱりわからなかった。

「勇気なら……過不足なくあるつもりだが……」

「じゃあ、わたしの部屋に行きましょう」

彼女はドライマティーニを飲み干して立ちあがった。

「部屋に行けば、記事になりそうな材料がいっぱいありますから、ぜひ取材にいらしてください」

5

なんとなく察しはついていたんだ。

ネタをつかんだ記者と、ネタをつかまれた詐欺師が密室でふたりきりになれば、なにが起こるかだいたいわかるじゃないか。

だが、私は黙って彼女に従った。

理由は簡単だ。

自信があったんだ。

たとえ彼女が誘惑してきたとしても……記事を揉み消す交換条件に体を差しだしてくるような真似をされたとしても、断固として突っぱねる自信があった。私は妻のことを愛していた。当時二歳だった子供のことは妻以上に大切に思っていた。つまり、まともな家庭人でありたいという欲求が強かったのさ。稼ぎが少なかったから、よけいにね。妻を裏切るようなことはできないと……。

だが、本当の理由は別にあったんだろうな。

どんな誘惑でも突っぱねる自信があったからこそ、ほんの少しでいいから体験してみたかったのかもしれない。稀代の詐欺師の色仕掛けを……まったく、愚かとしか言いようがないよ。勝てるわけがないのに……。

部屋でふたりきりになると、

「まずはおもてなしね」

彼女はニコニコ笑いかけてきた……この島での彼女しか知らないキミには考えられないだろうが、その日の彼女は本当によく笑っていた。穏やかで、柔らかい感じで……笑っていると、凜とした威圧感がだいぶ弱まる。

「おもてなしをしてくれるのかい？」

「せっかく部屋まで来てくれたんですもの、それくらいはしますよ。わたしのおもてなしには、トルコ式とポーランド式とギリシア式がありますけど、どれがよろしい？」

意味がわからなかったが、きっと意味なんてないんだろうと思った。部屋はそれほど広くなく、ダブルベッドがスペースのほとんどを占領していた。私はそれが気になってしかたがなかったから、意味のわからない質問に興味がもてなかった。

「じゃあ……ギリシア式で」

あてずっぽうに答えると、彼女は笑いながら近づいてきて、私の左手を取った。私は当時、左手の薬指に指輪をしていた。それをまじまじと見るんだ。顔に近づけて、眼を凝らして……。

なんのつもりかと思っていると、次の瞬間、嚙みつかれた。薬指の第一関節のところをガリッと……本当にそんな音がしそうなくらい思いきり嚙まれて、私はもう少しで叫び声をあげてしまうところだった。

「……なっ、なにをするんだ？」

指先から流れだした血を見ながら、私は声を震わせた。私は心にバリアを張っていた。詐欺師の色仕掛けなんて鼻であしらってやろうと、手ぐすね引いて待ち構えていたと言ってもいい。

だが、骨まで軋ませるような痛みに、バリアは割れた。動揺や戸惑いや混乱が、剝きだしで露呈してしまったんだ。

ズキズキと脈打ちながら血を流している私の左手を、彼女は自分の顔の右側に持っていった。ふっくらした白い頬が、血で汚れた。さらに左手を動かして、口のほうにもっていった。唇にも、ドス黒い血がついた。彼女の唇は光沢のある真っ赤なルージュが引かれていたから、自分の血の色がひどく汚らしく見えたことをよく覚えている。

彼女はもう笑っていなかった。真顔で真っ直ぐに私を見てきた。私は困惑しきっていた。左手の薬指の脈動は強くなっていくばかりだったが、痛みなんて感じていなかった。

そんなことより、罪悪感でどうにかなってしまいそうだった。彼女の美しい唇を、自分の汚い血で汚した罪を贖（あがな）いたくて、できることならひれ伏したいと思ったくらいだ。だが、ひれ伏したところで罪は贖えないことはわかりきっていた。そんなことをする前に、汚してしまった唇をいますぐに綺麗にしなければならないと思った。それも、ウエットティッシュとかおしぼりなんかじゃなくて……自分の舌で綺麗にしなければならないと、強迫観念のようなものが私の胸を締めつけてきたんだ。

彼女はなにも言っていなかったよ。じっと動かずに、ただ私を見つめていただけだ。まばたきさえしなかったんじゃなかろうか。その黒い瞳は、私を映しだしていた。私のドス黒い欲望も……。

あっという間の出来事だったよ。部屋に入って三分も経っていなかったんじゃないか。その時点でもう、私は彼女の色仕掛けの手に落ちていたんだ。抱きたくて抱きたくて、たまらなくなってしまったんだ。

　彼女を抱けば、仕事ができなくなることは眼に見えていた。真実に眼をつぶって、誌面で彼女の擁護をするしかなくなる……しかも、妻を裏切ってしまうことになる……わかっちゃいるのに、本能の欲求には抗えそうもなかった……人間だってしょせんは動物なんだよ。目の前にこれ以上なく魅力的な牝がいれば、後先考えずに求めてしまいたくなるのが牡なのさ……。

　ところが……。

　私が理性をかなぐり捨てて抱きしめようとすると、彼女は逃れた。ふざけたことをしないで、と軽蔑をこめた冷たい眼を向けられた。冗談ではなかった。それは私の欲望であると同時に、彼女のシナリオに沿った行動のはずじゃないか。まんまと罠に嵌まろうとしている私を、なぜ拒むのか訳がわからない……。

　すると彼女はね、もう一度私の左手を取って、薬指を口に含んだんだ。上目遣いでこちらを見ながら、口の中でゆっくりと舌を動かしはじめた。私は呆然とした。ほとんど放心状態に陥った。

　キミは傷口を女に舐められたことがあるかい？　子供のころ母親に舐められたとかじゃなくて、セックスの前戯としてだ。血が出るほど新鮮な傷は、体のどこの部分より……ギンギンに勃起したペニスよりも敏感なんだ。そこをエロティックに舐められたりしたら……大げさでもなんでもなく、私は腰が砕けて片膝をついたよ。快感に腰を砕かれたんだ。

彼女は眼を輝かせて私の傷を舐めまわしながら、私の体を押し倒した。ベッドじゃない。絨毯の上で……そして、さっとまたがってきた。あお向けになったわたしの腹の上にね。

パンツスーツ姿だったから、まるで乗馬でもするような颯爽とした身のこなしだったな。しかし、やっていることは、颯爽とは真逆だ。切れた指をしつこく舐めまわして、時折、血を吸ってきた。唇をスライドさせて、左手の薬指を根元までしゃぶりたててきた。

私の薬指は、嚙まれた衝撃をまだ生々しく覚えていた、鈍い痛みがして脈を打っていたんだが、しゃぶりあげられるたびに、気が遠くなりそうなほどの快感を覚えた。もはや恍惚と言ってもいいくらいだ。

癒やしという言葉があるだろう？　私はあの言葉が嫌いだが、癒やしというのは、痛みがあるから成立するのだと、そのときはっきりわかったよ。そして彼女は、男に癒やしという餌を与えるためなら、男に痛みを与えることくらい平気でするのさ。

ひどい女だ。しかし、彼女に馬乗りになられた私は、文字通り身をよじっていた。信じられるかい？　指を一本舐められているだけなんだぜ。

もちろん、勃起していたよ。笑いたかったら笑えばいいさ。痛いくらいに硬くなって、苦しくてしようがなかった。

彼女はどうしたと思う？　指をしゃぶりながら、じりじりと後退っていった。最初は私の腹筋の上にあった彼女の股間が、やがて私の股間の上にきて……私は悲鳴をあげた。痛いくらいに勃起したイチモツの上に全体重をかけられたんだ、悲鳴くらいあげてもしかたないだろう？

だが、そんなことはまだ序の口だった。彼女は腰を使いはじめた。騎乗位で動くように、股間をしゃくってきたんだ。

断っておくが、彼女はパンツスーツスーツ姿のままだったし、私だってズボンを穿いていた。なのに、まるで性器を繋げているように腰を振るんだ。ズボンとブリーフに閉じこめられて苦しくてしようがないイチモツを、したたかに刺激してくるんだ。

指をしゃぶりながらね。できたての生傷を、舌先でチロチロと刺激しながらね。まるで傷をひろげようとしているみたいに……いっそ、もっとざっくり切ってほしいと私は祈った。それくらい、気持ちよかった。身をよじるくらいじゃもう足りなくて、次第に視界が涙に曇ってきた。

あまりの快感に涙を流す――それは女の習性だと思っていた。女を泣くほど感じさせることが男の甲斐性であり、満足度に結びつく、と信じて疑っていなかった。

しかし、そのときばかりは、泣かされたのは私だった。気がつけば、泣きじゃくっていた。なんというか……気持ちがいいだけじゃないんだよ。指の傷口を舐められるのは鋭い痛みと裏腹のエッジのきいた快感があるんだけど、ペニスのほうはそうじゃない。お互い服を着ているから、ひどくもどかしい。そのもどかしさが、涙を流させるんだ。

本当は、服なんか脱ぎ捨てて、生身の性器と性器を繋げたいわけじゃないか？　繋げたいんだよ。でも、できない。うっとりした眼つきで腰を振っている彼女に、そんなことを頼んだって拒否されることはわかりきっている。

そのうち、熱を感じはじめた。彼女のオマンコが熱くなっているのを、はっきりと感じた。もうダメだ、と私は思った。私は身も心も、欲望に乗っとられてしまった。彼女が欲しいという欲望に……それだけがこの世に生まれてきた意味だとさえ思ったが、体は快感ともどかしさに引き裂かれている。

私は発狂しそうだった。私は、自分を放棄することに快楽を見いだす、マゾヒストではないからだ。あるいは、手脚が拘束されていないからといって、暴力的に女を犯すことのできる男でもない。実際、そのまま続けられていたら、間違いなく心のどこかが壊されていただろう。

発狂するかもしれないという予感は、本当に恐ろしいものだ。しかし、その一方で、どうすれば発狂せずにすむのかは、わかっているんだ。不思議なものだ。私は発狂から逃れるために、泣きじゃくりながら彼女に向かって叫んだ。

「イッ、イカせてくれっ！」

彼女は腰を動かすのをやめ、眼を細めて私を見下ろしてきた。静かな表情だった。静けさとは美しさだ。彼女はまるで、絵に描かれた女のように完璧な美貌をたたえ、けれどそその右頬と唇は、私の汚らしい血で汚れていた。

「イカせてくれっ！　イカせてくれっ！」

彼女は腰をあげ、私のベルトをはずした。ズボンとブリーフをさげた。私のイチモツは唸りをあげて反り返った。いままで見たこともないような勢いで屹立して、高級ホテルの天井を睨みつけた。

ようやく楽になれる、と思ったよ。たとえ仕事上の不自由を背負いこむことになろうと、愛する妻を裏切ることになろうと、そのときは私は、ただ楽になりたかった……。

しかし……。

あの女は本物だった。詐欺師なんかじゃない、本物の悪魔だと思った。

「そんなにイキたいなら、見ていてあげるから自分でしなさい」

そう言い放つと、服を脱ぎはじめたんだ。ワインレッドのパンツスーツの下は、黒いレースのランジェリーだった。ご丁寧に、ガーターベルトでセパレート式のストッキングまで吊っていた。

いま思いだしても涙が出てきそうになる。彼女はそんな格好で、ベッドに腰かけ長い脚をさっと組んだんだ。

匂いたつエロスの塊がそこにあるようだったよ。

なのに、押し倒せる気は全然しないんだ。アンタッチャブルな存在で、もし強引に触れたりしたら、彼女との関係が煙のようになくなってしまう……。

私は生き恥をかくことにしたよ。

自分で自分のイチモツを握りしめて、しごいた。彼女に見守られながら、絨毯の上でのたうちまわり、腰を反らせたり、脚を開いたり、人として……男として見せてはいけない醜態をさらしながら、射精したんだ。

あのときより爆発的な、衝撃的な射精の経験は、後にも先にもありはしない。だが、快楽と同等かそれ以上の勢いで、すさまじい自己嫌悪がこみあげてきた。自分は虫けらだと思った。最後の一滴まで出しきっても、しばらくの間、痛恨の涙がとまらなかったよ。

そんな私を、彼女はやさしく抱きしめてくれた。私の顔は涙や汗や鼻水や涎でぐちゃぐちゃだったし、下半身はもちろんザーメンにまみれていたのに、下着や肌が汚れるのもかまわず……それはただの抱擁じゃなかった。スポンジが汚れを吸いとるように私の中からおぞましい自己嫌悪を消し去っていき、この世のものとは思えない安らぎを与えてくれた。

わかるだろう？

その日から、私は彼女の奴隷になったんだ。

第五章　それだけは許して

1

朝が来た。

部屋から出て階下におりていったが、間宮も櫻子もいなかった。豪華なセットだけがある空舞台のようなリビングには、大きな窓から清らかな朝陽だけが差しこんでいた。

嘉一は喉が渇いていた。他人の家の台所を漁る(あさる)のは失礼な気もしたが、我慢できずに冷蔵庫を開け、ペリエの瓶を取りだす。レモンフレイバーの炭酸水だ。グラスに注いで喉に流しこむと、強い炭酸に体の中に燻って(くすぶって)いた眠気の残滓(ざんし)がはじき飛ばされていった。

静かだった。

窓は開け放たれているのに、潮風も吹きこんでこなければ、波の音も聞こえない。海は凪いでいるのだろう。クルーザーを出すにはうってつけの日だ。

椅子に座ってぼんやりしていると、しばらくして櫻子が姿を現した。寝室のある二階からおりてきたのではなく、玄関から入ってきた。外に出ていたらしい。

ドレスは濃いブルーだった。初めて彼女に会ったときもブルーのドレスを着ていたが、デザインが違った。ブルーの生地には銀の刺繍がふんだんに施され、肩や腕、太腿の半分以上が露出していた。丈が短いせいで、いつもより若く潑剌として見えた。いつにも増してセクシーにも……。

カツ、カツ……とハイヒールを鳴らして近づいてきた。険しい表情をしていた。いや、険しいというより、拗ねているような……。

「どうしてゆうべ来てくれなかったの？　ずっと待ってたのに」

年端のいかない少女のように、唇を尖らせた。

「すいません。間宮さんと長い話を……」

「まあ、知ってたけど」

櫻子は鼻で笑うように言った。

「わたしの部屋まで、声が聞こえてきたもの。内容まではわからなかったけどね。どうせろくでもないわたしの悪口を吹きこまれたんでしょ」

嘉一は曖昧に首をかしげることしかできなかった。

「これ……」

櫻子が一枚のメモ書きを渡してくる。

――いままままで大変お世話になりました。クルーザーは港で人を手配し、数日のうちに島に戻せるようにします。間宮。

「……どういうことです？」

嘉一が眉をひそめると、

「喉が渇いた」

櫻子は質問には答えず、長い四肢を投げだすようにロッキングチェアに腰をおろした。拗ねた顔のまま黙っているので、嘉一はしかたなく台所に行き、冷蔵庫を開けてミネラルウォーターのボトルを取りだした。グラスに注いで、櫻子に持っていく。彼女はガス入りの水は飲まない。

「いま船着き場まで見にいってみたけど、クルーザーは停まってなかった。荷物もね……大きいスーツケースが三つあったのに、なくなってる」

「出ていった、ってことでしょうか？」

「あなた、ゆうべ彼にバトンを渡されたんじゃないの？　彼に代わってここに残るように……」

猜疑心いっぱいの眼を向けられ、嘉一は息を呑んだ。美しい彼女に似合わない、嫌な眼つきだった。

「そういうこと、言ってなかった？」

嘉一はしばし逡巡した。とりあえず、ロッキングチェアにふんぞり返っている彼女の傍らに立っているのをやめ、椅子に座った。女教師に説教をされている生徒のような構図が嫌だった。あるいは、女主と召使いのような……。

「俺はすっかり勘違いしてました」

勇気を振り絞り、話を切りだす。

「間宮さんに話を聞くまで、俺はあなたに同情してました。助けてあげたいとも思っていた。でも、間宮さんがあなたを監禁しているんじゃなくて、逆だった」

「わたしは監禁なんてしてないわよ」

「物理的に手脚を縛ってここに連れてきたわけじゃないかもしれない。でも、見えない鎖で縛りつけて動けなくしたのは事実でしょ？　あなたのおかげで、間宮さんは……」

仕事をやめて、妻子とは別れたらしい。当然と言えば当然だ。間宮は恍惚とした表情で、櫻子の奴隷になったことを嘉一に告げた。そんな男が、彼女の悪事をめぐって糾弾する記事を書いたり、妻子を愛しつづけることができるわけがない。

「仕事って週刊誌の？」

「そうです」

「よかったじゃない、やめられて。他人のプライヴェートを暴いて稼いでる、クズみたいな仕事なんだから」

櫻子は唇を歪め、吐き捨てるように言った。

「妻子を捨てたのだって、あの男が勝手にやったことよ。わたしは一度だって、そんなことを求めたことはない」

「櫻子さんを守るためじゃないですか……」

嘉一は声を震わせた。

間宮は櫻子に懐柔され、彼女にとって都合の悪い記事はいっさい書かなくなったけれど、別の記者まではそういうわけにはいかなかった。密かに櫻子の背景を洗っていたライバル誌が、老人からの金銭贈与問題をスッパ抜いた。間宮が嗅ぎつけていた店の話だけではなく、複数の場所で同じことをしていたことまでが明るみに出て、おそらく取材記者がそそのかしたのだろう、刑事告発する動きまで出たらしい。

そうなると当然、亡くなった資産家の遺産問題もあやしまれることとなる。遺族は金の亡者ばかりだが、五十も年の離れた愛人は詐欺師なのだ。世間の眼は一気に、櫻子悪女説に傾いた。

嘉一はテレビを観ないし、週刊誌やスポーツ新聞に眼を通す習慣もなかったので記憶にないが、間宮によれば、二、三カ月にわたり、連日どこかのメディアで櫻子を報じる事態が続いたという。

もちろん、それほどメディアにとりあげられたのは、櫻子の容姿と無関係ではないだろう。人気女優も裸足で逃げだすようなその容姿に、世間は衝撃を受けたに違いない。「美人詐欺師」「美しすぎるおねだり姫」「美貌の毒婦」などと好き放題に書きたてられ、結局、刑事告訴は見送られたにもかかわらず、顔にモザイクさえかけられなかったらしい。

「わたしは悪いことなんてなにもしてないのよ……」

櫻子は長い溜息をつくように言った。

「自分からお金が欲しいなんて頼んだことだってない。くれるっていうから貰っただけで……だから結局、誰もわたしを訴えなかったでしょ？　訴えられるわけないのよ。お金を渡したっていう証拠だってないわけだし、百万単位のお金を貢ぎたくなった理由を、誰も言えないんだから。言えないようなことを、わたしがしてあげてたってことなのよ……」

嘉一は「言えないようなこと」の内実を聞いていなかった。間宮ですら、知らなかったからだ。

　しかし、想像することはできる。間宮を手懐けたように、手懐けたのだ。具体的な方法は違ったのかもしれない。三十代の男を相手にするのと、七十代、八十代の男を相手にするのとでは、アプローチが変わって当然だが、使った武器は同じだろう。

　類い稀な美貌と、それに似つかわしくないほどの色香と、あぜんとするような大胆な振舞い……。

　間宮の長い告白を聞いていて思ったのは、櫻子は男が欲情するメカニズムを熟知しているということだった。男の本能とその扱い方を憎らしいほど心得ている。なぜ若くして、熟練の娼婦をも凌ぐような手練手管を手に入れたのかはわからないが、彼女にはたしかに、男から正気を奪う「魔性」があるように思われた。

「ひとつだけ、教えてあげましょうか？」

　櫻子の瞳が、悪戯っぽく輝いた。

「間宮にも言っていない話よ。亡くなった資産家が、どうしてわたしに遺産を全部残すなんて遺書を書いたのか……知りたい？」

　嘉一はうなずいた。櫻子が言うように、その詳細は間宮の口からも語られていなかった。

「あの人はね……わたしはタダシちゃんって呼んでたんだけど、タダシちゃんは子供たちのことを心の底から憎んでいたの。親が子供を本気で憎むわけがない、なんて言わないわよね？　そういうことだってあるわよ。親子だって、しょせんは別の人格なんだもの。実家に顔を出すときはお金を無心するときだけで、ギャンブルや宗教や恋愛に夢中……もう少しまっとうな道を歩いていれば、タダシちゃんだって少しは納得できたかもしれないけど、世間的に見てもボンクラとポンコツばっかりでしょう？　おまけに自分のお尻も自分で拭けない……わたしと出会ったとき、タダシちゃんは絶望しきってた。子供たちに対してもそうだし、そういうふうに育ててしまった自分自身にもね。若くて綺麗な女――わたしのことだけど――にやさしくされたくらいじゃ、とても回復できないくらい深い絶望の中にいて、キミの腕の中で死にたいって頼まれたわけ。腹上死志願よ。子供も子供だけど、親も親よね。どうせ死ぬならもっと綺麗に死ねないのかな、って思ったけど、タダシちゃんはたぶん、あえてそういう……世間に顔向けできないようなみっともない死に方をして、子供たちに復讐したかったんだと思う。だから協力してあげたけど……強力な精力剤で無理やり勃たせて、ひとつになって……わたしはわたしにできる最高にいやらしいあえぎ方をしてあげたつもり。でも……人間って、なかなか死なないものなのよ。何回試しても……顔を真っ赤にして腰を振って、これは間違いなく頭の血管が切れるな、と薄眼を開けながら身構えてても、意外に大丈夫でちゃっかり射精まで辿りついちゃったりしてね。だから、残念ながら腹上死する夢は叶えてあげられなかったけど、そういうことを続けているうちに、タダシちゃんはポックリ逝っちゃった。たぶん、わたしのお手柄よ。タダシちゃん、セックスするためにお酒もやめて、食生活にも気を配ってたんだから。ポックリ逝くような理由って、セックスしすぎた以外に見当たらないし……罪悪感？　そんなものはなかった。結果的には、いちばんいい死に方だったんじゃないかしら。最後に若くてとびきりいい女を——わたしのことよ——お腹いっぱいになるまで抱きまくって、腹上死みたいな人目を憚る死に方をしないですんだわけだから、大往生に決まってるわよ……」

「つまり……」

嘉一の声は自分でも驚くくらい上ずっていた。喉が渇きすぎていたのだ。ペリエをひと口飲んでから、続けた。

「つまり、腹上死をさせるのと引き替えに、遺産を……」

「ううん、違う。あの遺書は、タダシちゃんが勝手に残したもの。わたしのほうがびっくりしたわよ。だって、腹上死計画に協力する報酬は、すでに貰ってたから。この島とこの家、タダシちゃんの別荘だったの。当時は全然興味なかったんだけど、島をひとつプレゼントされるのなんて、ロマンチックじゃない？　だから、貰っておいてあげた。あとから助かりましたけど。世間に顔が知れちゃって、顔をあげて道を歩けなくなって……本当にうんざりだった。このままじゃ心を病んじゃうって怖くなって、わたしは相当譲歩して遺族と和解したの。不動産なんかも含めれば、タダシちゃんの遺産は二十億近くあったはずだけど、二億で手を打ってあげた。とにかく他人の眼を気にする生活が嫌でね。わたしにはタダシちゃんの遺産だけじゃなくて、いろんな人に貢いでもらったお金もあったから、しばらく雲隠れしようって……誰もいない孤島で、贅沢三昧の暮らしをしてやろうって……」

雲隠れの準備や実行は、すべて間宮が行なったらしい。そう本人が言っていた。お金があってもひとりでは生きていけない櫻子のために、仕事をやめ、妻子も捨てて、一緒に暮らしはじめた。残りの人生を、すべて彼女に捧げることにしたのである。

「奴隷になったんだから、それはもうしかたがないことじゃないか」

間宮はいつにも増して倦怠感を漂わせた表情で、長い溜息をつくようにそう言っていた。奴隷という禍々しい言葉には、他人である嘉一には計り知れないほど、複雑な感情が塗りこめられているようだった。どう見ても、喜んでその道を選択したわけではなさそうだった。

だがしかし、櫻子と離れることもできない……。

執事のような格好や振る舞いは、間宮の皮肉だった。自嘲をこめた、哀しい皮肉だ。

嘉一が沈痛な面持ちでうつむいていると、

「わたしと釣りあう男がいなかったのが、すべての元凶だと思うのよ、結局のところ」

櫻子が長い話を始めた。

2

わたしはわりと裕福な家の生まれで、子供のころから可愛かったのね。まあ、地方のお金持ちで、田舎の美少女ですけど。それでもとにかく、両親の自慢の娘で、それはそれは大切に育てられたわけ。

「そのうちきっと、あなたにお似合いの白馬の王子さまが現れるわよ」

いま考えると笑っちゃうけど、うちのママはそういうことを真顔で言う人だった。わたしもわたしで信じてた。サンタクロースが実はパパだってわかってからも、ワイヤーが入ってるブラジャーを着けるようになってからも、どうやって子供ができるのかを知ってしまってても……まだ信じてた。

わたしはお高くとまってたから、いつもツンと澄ましていて、男子が簡単に声なんかかけられない感じだったけど、心の中じゃ鵜の目鷹の目で探してた。わたしの王子さまはどこにいるんだろうって……まわりにはいなかったですけどね。サッカー部のエースも、管弦楽部のコンマスも、成績が学年トップの生徒会長も、帯に短し襷に長し。ちょっといいなあとは思っても、これ！　っていう決定的なものが足りなかった。そもそもとんでもない田舎に住んでたから、人間の絶対数が足りなかったんでしょう。

　だから、大学に入るために上京したときは興奮したなあ。素敵な男子がいっぱいいた。顔が綺麗で、おしゃれで、容姿がそれほどでもなくても、野性味があったり、気配りが上手だったり、いろんなことをよく知っていたり、東京にはホント、興味を惹かれる男ばっかり集まってた。

　わたしはね、上京するとき、ひとつルールを決めてたの。告ってきた男子とは、かならず一度はデートに付き合う。誘い方が極端に嫌じゃなければベッドまでOK……田舎じゃお高くとまりすぎてて、処女で高校を卒業しなきゃならない屈辱を味わったから、同じあやまちは二度とすまいと胸に誓っていたわけ。

　男と女なんて理屈じゃないから、体を重ねてしまえばわかりあえることってたくさんありそうじゃない？　ちょうどそのころ、セックスから始まる恋もある、みたいな小説や映画に嵌まってたせいもあったけど、とにかくなんにも経験しないまま年だけとっていくのが嫌だったし、見た目と会話だけで相手をわかった気になるのも幼稚すぎると思った。

　でも結果は……やっぱり、帯に短し襷に長し……。

　薄々勘づいているかもしれないけど、わたしはストライクゾーンが広いのよ。タイプの幅が狭くない。だからいろんな人と寝たわね。わたしの通っていたのは女子大だったけど、サークルとかコンパとか、逆に女子大のほうがお誘いは多いのよ。一年目は同学年と先輩。先輩のほうが数は多かった。二年目からは後輩がそれに加わった。教員にも誘われた。バイト先のリサーチ会社でも同僚から上司まで声をかけてきた。だけど結果はさっき言った通りだったから、おかしいなあ、こんなはずじゃなかったのにって……。

わたしは焦ったり落ちこんだり、人生の迷い道に迷いこんでいたわけだけど、まわりはみんな怒り狂ってた。まわりって女子ね。恋人をとられたとか、ひとりだけモテてずるいとか……わたしは自分から誘ったことなんて一度もないのよ。誘われても断らないだけ。だからそんな文句は筋違いもいいところだって無視してたら……まわりから人がどんどんいなくなっていった。実際、わたしをとりあって喧嘩した男子が大怪我するとか、不倫関係にあった教員の奥さんが大学に怒鳴りこんできたとか、憂鬱な出来事もたくさんあったんだけど、慰めてくれる人は誰もいなくて、大学に行っても、バイト先に行っても、「やりまん・ビッチ・肉便器」って陰口の嵐。妬まれるのは慣れてたわたしでも、ちょっとしんどかったな。

しかも、暇な人がいたもんで、わたしの実家にそういう事態を密告したやつがいるのね。それで両親が抜き打ちで田舎から出てきて……わたしは部屋で、大学の教員とお別れのセックスをしているところだった。もう最悪。もちろん、インターフォンが鳴ってあわてて服を着たから、腰を振りあっているところに踏みこまれたわけじゃないけど、マンションの八階だったからベランダから逃がすわけにもいかなくて……いやらしい匂いの残っているワンルームに、両親を通さなくちゃならなかった。部屋の隅では、さっきまで獣だった男が、バツの悪そうな顔で正座してたてね。

両親は怒ったわよ。あれだけ怒ったパパとママを見たのは初めてって感じ。密告された話は虚実ないまぜにだいぶ盛られてたんだけど、なにしろ不倫現場と思しきところにやってきちゃったわけだから、もうカンカン。

当然のように田舎に連れて帰られそうになったけど、わたしは隙を見て逃げました。田舎に帰されるなんて冗談じゃなかった。幸い、たくさん貰っていた仕送りをあんまり使ってなかったから、それで新しいマンションを借りて、大学には行かず、バイト先もやめて、新しい生活を始めたわけ。

とにかく、お金が必要だった。水商売をすればそれなりに稼げることは想像がついたけど、それは嫌だった。夜の世界に染まったら終わりだと思った。わたしは自分のことを冷静に評価できる程度には、馬鹿じゃなかった。わたしに群がってくる男たちが求めているのは、ホステスっぽい艶やかさでも、キャバ嬢っぽいキャピキャピさでもない。まったくのさなわけ。
逆。緑の黒髪と肌の白さと薄化粧でも映える顔立ちと……要するに、清潔感や透明感や清純
ルしていくのに、自分の武器を捨てたら絶対にダメだと思った。でもお金はいる……。
　東京にはいい男もいっぱいいたけど、いい女だっていっぱいいた。そういう中でサバイバ
どうしたものかと悩みまくっているとき、ひょんなことからひとりのお年寄りと知りあっ
たの。スナックなんかじゃなくて、普通の居酒屋で意気投合したんだけど、その人がひと晩
添い寝してくれたら百万円くれるって耳打ちしてきた。警戒心がなかったわけじゃないけど、
こっちもお金が必要だったから、大丈夫かな、なんて思いながらついていったら、本当に添
い寝しただけで百万円くれた。
　ずいぶんと早く奥さんを亡くして、立派なおうちにひとりで住んでいる人だった。風俗な
んかに行くタイプじゃなかったし、わかってると思うけど、風俗にはわたしみたいなタイプ
はいないじゃない？　朝お別れするとき、すごく感謝されたな。この世にはもう未練なんか
ないっていう遠い眼をして、さようならって言った。
　で、これはビジネスになるんじゃないかって、わたしは思ったの。わたしはおじいちゃん、
嫌いじゃなかったしね。わたしみたいな容姿って、若い人にもモテるけど、おじいちゃんに
はその何十倍もウケがいいのよ。昔好きだった女優に似てるって白黒のブロマイド見せられ

て、テンションさがったことがよくあったけど、昭和の時代の、まだ映画が白黒だったときに活躍したスタアの雰囲気が、どうやらわたしにはあるらしい。

女は結婚するまで処女、の時代ね。

気持ちは複雑だったけど、そういう女を演じるのは嫌いじゃなかった。実際、心は処女みたいなものだったから。やだ、笑わないで。けっこう真面目に言ってるんだから。

だってわたしは、やりまんでもビッチでも肉便器でもないもの。そういう子は、承認欲求を満たそうとしているわけでしょう？　じゃなきゃ、セックスが好きでしょうがないニンフォマニア。

わたしはどっちでもなかった。白馬に乗った王子さまを探してるだけで、結果的に見つからなかったから、経験値が増えちゃっただけ。

でもね、経験値が増えるのは悪いことじゃないと思った。純粋にベッドテクは向上するし、わたしはセックスを知らなかったときより、セックスを知ってからのほうが絶対に綺麗になったもの。

すればするほど磨かれていく実感がたしかにあった。だからおじいちゃんになおさらモテたわけよ。昭和の男が好きなのは、「昼は淑女、夜は娼婦」なの。笑っちゃうけど、ふふっ、まるっきりわたしのことみたいでしょ？

世間はわたしのことを詐欺師だって糾弾したけど、とんでもない話よ。

天使みたいなものじゃないの？

そりゃわたしはね、ずいぶんとたくさんのお金をいろんな人に貢いでもらった。でも、わたし以上にお金をかけて育てられた実の子供たちは、自分の親がさあいよいよ三途の川を渡りますってときに、いったいなにをしてあげたのかな？　わたし以上に楽しい夢を見せてあげられた？　わたしは必要だと思えば平気で嘘をついたし、頃合いがきたら姿を消したけど、それってそんなに悪いこと？　スクリーンの中で、女優さんは本当のことを言うかしら？いつまでもダラダラとお芝居を続ける？

パッと消えることで、わたしはおじいちゃんたちの中で、永遠に輝きつづけるのよ。そういうの、ちゃんと計算してやってるんだから。ただの気まぐれでやってるんじゃなくて……。

3

嘉一はまるで映画を観ているような気分で、櫻子の話を聞いていた。

それゆえ、最初のうちは打っていた相槌も、途中からは打たなくなり、夢中でしゃべっている櫻子に、ただ魅入られていた。

まるで本物の女優だった。

話している内容は嘘ばかりなのに、奇妙なほど説得力があり、最後には賛同したくなってくる。彼女流に言うならば、嘘ばかりだから説得力があるのかもしれない。

間宮によれば、櫻子が開陳する経歴にはいくつものパターンがあるという。赤貧の家で育てられたというのもあれば、外交官の娘で幼少時は世界中を飛びまわっていたというのもあり、学歴も中卒から大学院卒まで自由自在。

「日本中のマスコミに追われてたんですよね？　実家とか突きとめられなかったんですか？」

嘉一は間宮に訊ねた。

「それが最後までわからなかったらしい。本名も含めてね。彼女の生い立ちは、いまだに私にも謎のままなんだ……」

間宮は力なく答えた。そのときの諦観にまみれた表情が、嘉一の脳裏をよぎっていく。間宮がなにを考えていたのか、いまならぼんやりとだがわかる気がする。

「退屈だったでしょう？」

櫻子がロッキングチェアを揺すりながら言った。

「退屈よね、人の生い立ちなんて。でもわたし、いったん話しだしたらとまらなくなっちゃうのよ。ごめんなさいね」

「いえ……」

嘉一は首を横に振った。退屈などしていなかった。彼女は本当に不思議な女だった。嘘をつかれればつかれるほど、魅了されていく。本当のことが知りたくなってくる。

だが、本当のことを知ってみれば、実はたいしたことがないのかもしれない。たとえ嘘より波瀾万丈の半生であったとしても、いまの彼女の魅力には直接結びつかない気がする。

彼女を輝かせているのは、真実を覆い隠している分厚いベールなのである。難しい話ではない。隠していればこそ美しいという原理くらい、いにしえの人々だって知っていた。すなわち、秘すれば花……。

「ねえ……」

櫻子はロッキングチェアから立ちあがると、嘉一に近づいてきて手を差しだしてきた。

「おしゃべりはもうおしまいにして、わたしの部屋に行かない？」

彼女の瞳は濡れていた。まるで長々と嘘話を続けたことで、欲情してしまったとでもいうように。

「間宮もいなくなったことだし、心置きなくエッチしましょうよ。クルーザーが戻ってくるまで二、三日はかかるでしょうから、それまでこの家にはわたしたちしかいない。誰にも遠慮せず、エッチできる。ずっと裸でくっついてて、舌がふやけるくらいキスをして、何度も何度も恍惚を分かちあって……お腹がすいたら、クラッカーとチーズとワインをベッドの上で食べるの。そういうのって楽しくない？　ハネムーンみたいで」

嘉一が座ったまま動けずにいると、櫻子はしゃがみこんだ。嘉一の太腿に両手を載せ、上目遣いで見つめてきた。

「なんでもやってあげるわよ。あなたがしてほしいことを、なんでも……わたしね、田舎の美少女だったって言ってたでしょ。でも、本当はすごいコンプレックスだらけだったの。まわりの大人たちは、可愛い、可愛い、って褒めてくれるけど、わたしにはそれだけだった。クラスメイトには、ピアノがうまい子がいて、絵がうまい子がいて、フィギュアスケートで将来を嘱望されている子なんかもいたりしたけど、わたしはなにをやっても不器用で、人より秀でたものがひとつもなかった。勉強なんかもね、実はみんなよりしていたと思う。なのに成績はせいぜい中の上。哀しかったな……わたしには容姿以外、誇れるべきものがなにもないままなのかなあって……でもね、そうじゃなかった。大人になったら、わかった。わたしにも、才能に恵まれているものがひとつあった……」

櫻子は嘉一の左手をそっとつかむと、薬指を口に咥えた。

間宮の話を思いだし、嘉一は身構えたが、櫻子は噛んでこなかった。唇をやわやわと動かしてはスライドさせ、エロティックにしゃぶりたててきた。あからさまに、フェラチオを彷彿させる舐め方だった。彼女のフェラは大胆かつ濃厚で、蟻の門渡りやアヌスまで舐めまわされた。

そのときの快感を、体が思いだしていく。櫻子の唇がスライドし、口内で舌が蠢くほどに、全身が熱くなっていく。

ガタン、と椅子を倒して立ちあがった。音に驚いて眼を丸くした櫻子の手を取って歩きだした。

「どこに行くのよ？」

櫻子が焦った声で訊ねてきた。嘉一が向かったのは、彼女の部屋がある二階ではなかったからだ。地下室へ向かう扉を開け、暗い階段をおりていく。

「電気のスイッチは上よ。このままおりたら真っ暗よ」

櫻子が言ったが、嘉一は踵を返す気になれなかった。踊り場にあった蠟燭に火をつけ、燭台ごと持って地下室へ向かう。

「いったいどういうつもり？」

部屋の端々にある蠟燭に火をつけていく嘉一に、櫻子は言った。

「わたしいやよ、ＳＭは」

「間宮さんとは楽しんでいたじゃないですか？」

「あれは……間宮が勃たなくなったからよ。普通のエッチができないの」

櫻子が吐き捨てる。

その話は、嘉一も知っていた。

この島にやってきた間宮と櫻子は、毎日毎日セックスに溺れていたらしい。それこそ寝食も忘れてお互いの体をむさぼりあい、快楽を追い求めることに没頭していたという。

だがその結果……間宮の髪は真っ白になり、顔は皺だらけになって、ついには男性機能を失った。EDになってしまったのである。

「だけどね、体が言うことをきかなくなっても欲望だけは残ったんだ」

間宮は言っていた。

「勃たなくなったら当然、欲望からも解放されると思うじゃないか？　それならそれでよかったんだ。しかし現実は……狂おしいくらいにあの女を求めてしまった。自分でも怖くなるほど……」

一方の櫻子も、性欲過多な女だった。かといって島にはふたりしかいない。苦肉の策として、SMもどきのことを試してみた。最初はどこかで馬鹿にしていたが、お互いに嵌まってしまった。地下室をプレイルームに改造し、様々な道具を買い集めるほどに……。

「男は哀しい生き物だよな……」

間宮は遠い眼をして言っていた。

「本当は女なんて嫌いなのに、女なしでは生きられない。憎んでいる女でも、欲望の対象になってしまうことがある。私は私の人生を狂わせた彼女を憎んでいた。あの女にさえ出会わなければ、うだつのあがらない記者とはいえ、まっとうに働き、妻子を愛する普通の男でいられたんだ。私はあの女のことが憎くてならなかった。だが同時に、彼女を求めずにはいられなかった。この島でふたりきりになると朝から夜まで……さらに夜も寝ないで、彼女とまぐわったよ。キミも彼女を抱いたのなら、わかるだろう？　あれほど男を奮いたたせ、そのうえ抱き心地のいい女はいない。一日に四度も五度も射精して、もう無理だと思っていても、まだ抱きたい。これが最後の一発になってもいいから、どうか神さま、最後までやり遂げさせてくれ……そう祈りながらしつこく腰を振りつづけ、ついには本当に最後のときがやってきた。私のものはなにをやっても勃たなくなり、けれども欲望は……彼女を抱きたいという抜き差しならない衝動は、ギンギンに勃っているときより強くなって、私を苦しめた。ＳＭプレイなんてしてみたのは、単なる思いつきだよ。最初は、彼女のパンティストッキングで後ろ手に拘束して、タオルで目隠しをする、そんなことから始めたんだ。しかし、私はものの見事に夢中になった。彼女を憎みつつ、彼女を求めずにいられないという、複雑にねじれた感情をもてあましている私のような人間にとって、ＳＭプレイはとてもフィットしたんだ。普通のセックスで腰を振りあっているときの彼女も、たしかに最高だ。しかし、ＳＭプレイによって私は、最高のその上にあるものを見つけてしまったんだよ。拘束し、性感帯を刺激しつつ絶頂は我慢させているときの彼女は、この世のものとは思えないほどいやらしい。オルガスムスを我慢させるために鞭など使ってみれば、ほとんどエロスの化身となって、あえぎ声を聞いているだけで天国までトリップできてしまいそうだ。そうなるともう、排泄行為にも似た射精なんて、本当にどうだってよくなってくる。勃たないこともね……彼女はマゾヒストではない。いじめ抜かれることに快楽を見いだす、倒錯のスイッチをもって生まれてきたわけではない。だがその一方で、ＳＭプレイのために存在しているような気もするんだ。責めれば責めるほど美しくなっていくのが、なによりの証拠だ。本物の陶酔がそこにあるんだ……」

本当は女なんて嫌いなのに、女なしでは生きられない――嘉一にも、思い当たるところがあった。

杏樹である。

嘉一は彼女を憎み、かつ欲情していた。ひどいやり方でフラれ、愛と呼べるような感情がなくなってもなお、欲望の対象でありつづけた。気がつけば、彼女を思いだして自慰に耽っていた。射精した瞬間に絶望的な自己嫌悪が訪れるとわかりきっていても、やめることができなかった。

そして、櫻子だ。彼女に対する間宮の意見にも、大いにうなずけるところがあった。

彼女の抱き心地は、掛け値なしに最高だった。忘れたくても忘れられなかった杏樹の記憶さえ、いとも簡単に吹き飛ばしてくれた。

だが、どこかに引っかかりが残ったのも、また事実だった。

普通のセックスより、責めていたときのほうが、櫻子は美しく輝いて見えたのだ。

天井から真っ赤なロープで吊られた櫻子を、二脚の椅子の上でしゃがませ、電マやヴァイブで嬲ったとき、その滑稽と言っていい姿とは裏腹に、この世のものとは思えないほど凄艶な色香を嗅ぎとった。

SMは嫌いと言いつつも、彼女はたしかにそのプレイに順応していたのだった。そうでなければ、あんなやり方で何度も何度もゆき果てていくはずがない。彼女自身も、どこかで責められることを求めていなければ……。

だから嘉一は、もう一度彼女を責めてみたくなったのだ。責めてみればわかるかもしれないと思った。本当は女なんて嫌いなのに、女なしでは生きられない、男の性を……。

「こんなことして、いったなにが楽しいのかしら？」

両手を真っ赤なロープで縛られながら、櫻子は忌々しげに唇を歪めた。

「わたしの手を自由にしておいたほうが、自分も愛撫されて気持ちよくなれるじゃないの？そう思わない？」

たしかに、彼女の手指の動きはエロティックで、素肌を這うだけで興奮させられる。その気になって男根を愛撫すれば、いとも簡単に射精に導かれることは間違いない。

「まあいいじゃないですか、ちょっとくらい……」

嘉一は曖昧に言葉を濁しながら、真っ赤なロープを天井のフックに引っかけ、吊りあげた。服はまだ脱がせておらず、青いミニドレスのままだった。丈が短いので、両手を上に向かって引っ張りあげると、太腿がほとんど露わになった。もう少しでショーツまで見えてしまいそうだった。

垂涎（すいぜん）の光景だった。

彼女の裸なら、もう何度も見ていた。なのに太腿を丸出しにして吊られた姿を眺めただけで、鼓動が乱れてしまうしようがなかった。パンティストッキングのせいかもしれなかった。彼女はその日、妙にテラテラと油じみた光沢を放つナイロンで、下肢をすっぽり包んでいた。

「両手が自由な櫻子さんも素敵ですが……」

嘉一は彼女の眼を見て言った。

「手も足も出ない櫻子さんも……ものすごくそそりますよ……」

櫻子は少し苛立ったような眼つきになり、顔をそむけた。不安や怯えを、苛立った表情で誤魔化しているようだった。何度されても拘束に慣れることはない、とその横顔には書いてあった。

なるほど、いくらプレイとはいえ、体を不自由な状態にされることに、人間は慣れることがないのかもしれない。

あるいは、そこが生粋のマゾヒストと、櫻子の違いなのかもしれなかった。不安に怯えた状態で責められ、にもかかわらずイッてしまうから、彼女は美しいのかもしれない。

焦る必要はなかった。

すべてはもう少しであきらかになる。

彼女はその本性を、否応なく嘉一の眼前にさらけだすことに……。

「……えっ！」

櫻子の顔色が変わった。眼の下をほんのりと紅潮させていたのに、みるみるうちに紙のように白くなっていった。

間宮が足音を消して地下室に入ってきたからだった。

4

　嘉一にとって、想定外の出来事ではなかった。

　間宮が置き手紙を残して島を去っていくのも、そう見せかけておいて戻ってくるのも、すべて打ち合わせ通りだった。

　間宮の長い告白を聞き、嘉一は彼にシンパシーを抱いた。同じ女を愛した者同士――というような、ロマンチックなシンパシーではない。

　嘉一は知りたかった。本当は女なんて嫌いなのに、女なしでは生きられない――そのテーゼの向こう側にある光景を、拝んでみたかったのである。

　嘉一は櫻子を憎んでいたわけではない。しかし彼女は、愛するには複雑すぎ、捨て置くには魅力的すぎる存在だった。

「どっ、どうしてっ……」

　櫻子が、嘉一と間宮を交互に見て声を上ずらせる。

　嘉一も間宮も、黙っていた。手も足も出せない状態で天井から吊るされている美女を睨めつけながら、これから起こることに思いを馳せていた。

昨日、間宮は言った。

「ふたりがかりなら、あの女を奴隷にできるかもしれない……」

セックスの天才と言っていい櫻子にも、ふたつばかり弱点があるらしい。

そのひとつが、複数プレイだった。

彼女の武勇伝の中には、3Pだの4Pだのといったプレイは存在しないという。むしろ、複数プレイを蛇蝎(だかつ)のごとく嫌っているらしいというのが、間宮の証言だった。

「たぶん、子供のころのトラウマでもあるんだろう。なにしろあれだけの美人なんだ。それはそれは可愛らしい美少女で、となれば、レイプされかけたり、人さらいにさらわれそうになったことくらいあるんじゃないか。それでも彼女は、セックスが嫌いにはならなかった。むしろ男を手玉にとることで、トラウマを乗り越えていったわけだが、複数プレイにはいまだに嫌悪感をもっている……」

なるほど、と嘉一も思った。この島に来て二日目の夜、のぞきをしていて見つかり、半ば強引に嘉一が部屋に入れられたとき、櫻子は尋常ではなく焦っていた。ほぼ全裸で天井から吊られていたのだから半狂乱になるのも当たり前だとあのときは思ったが、嘉一と一対一になってからは、責められながらも落ち着きを取り戻し、オルガスムスを嚙みしめたのである。

「出ていってっ！　出ていきなさいっ！」

　櫻子が間宮を睨みつけて言う。気丈さを保っていられたのは、彼女がまだドレス姿であるからだろう。

　しかし、いつまでもそんな格好でいられないことは、彼女自身がいちばんよくわかっているはずだった。

「ふたりがかりでＳＭなんて、絶対に許さないわよっ！　許さないからっ！」

　嘉一も間宮も、言葉を返さなかった。答えるかわりに、電マを手にした。ひとり二本ずつ、極太のそれを構えてスイッチを入れた。いっぺんに四本の電マが振動を始めると、その音が天井の低い地下室に不気味なくらい大きく反響した。

「やっ、やめてっ……」

　櫻子が顔をひきつらせ、声を震わせる。

　嘉一はまず、青いドレスを盛りあげている双乳に狙いを定めた。ドレスとブラジャーに保護されていても、電マの振動は体の芯まで届く。

「いっ、いやあああーっ！」

　間宮が下肢を責めはじめようとすると、櫻子はジタバタと脚を動かした。脚は拘束されていないので、目の前の人間を蹴ることができる。

　何度か蹴られた間宮は、面倒くさそうに櫻子の片膝にロープを巻きつけ、天井に吊りあげた。片脚立ちになれば、必然的にミニドレスの裾はまくれる。ピンクベージュのショーツがのぞく。光沢のあるストッキングに覆われているせいもあり、途轍もなく卑猥な姿になってしまう。

片脚立ちで無防備になった股間に、間宮は容赦なく電マのヘッドを押しつけていった。ひとつではなく、ふたつだ。恥丘からクリトリスにかけてと、アヌスから割れ目にかけて、二点同時攻撃を受けた櫻子は、泣き叫ぶことしかできなくなった。

「やめてえっ！　やめてえええええーっ！」

上半身はもちろん、嘉一が操る電マのヘッドが、双乳の先端を刺激している。自分がされることを考えると身の毛もよだつような四点責めだが、嘉一も間宮も、力ずくで櫻子をイカせようとは思っていなかった。

時間はたっぷりと、腐るほどある。邪魔に入る人間もいない。

真綿で首を絞めるようにじわじわと、櫻子から正気を奪っていけばいい。そのためには、イカせるのではなく、焦らすのだ。焦らし抜いた果てに与える失神するほどの連続絶頂——当の櫻子自身が、そうやって男を手玉にとってきたはずなのである。

「ああっ、いやっ……いやいやいやいやああああっ……」

涙を流して拒絶の言葉を吐きながらも、櫻子の体は感じやすい。とびきり敏感なうえ、欲望がパンパンに詰まっている。四つの電マで五分も責めつづけていると、次第に様子がおかしくなってきた。身をよじる動きが、刺激に呼応してくねりはじめた。十分もすれば、エロティックなダンスを踊りだした。

「あああっ……はぁああああっ……」

汗ばんだ首筋や腋窩から甘ったるい匂いが漂いはじめ、片脚立ちの脚が激しく震えだす。光沢のあるストッキングに包まれた肉感的な太腿を、ぶるぶるっ、ぶるぶるっ、と小刻みに痙攣させ、眼福を味わわせてくれる。

「あの女を奴隷にできたら、すごいだろうな……」

昨日、間宮は興奮に熱を帯びた声で言っていた。

「メイドの格好をさせて、給仕をさせるんだ。でも、彼女に料理なんかできるわけがない。それをあげつらってネチネチいじめて……」

「スケベなお仕置きを与えたりするんでしょう？」

「そうだな。とびきりスケベで、屈辱的なやつをな」

間宮の櫻子に対する憎悪は本物のようだった。もちろん、それは愛情の裏返しであろう。正気を失いそうなほど愛し抜いた女でなければ、そこまで憎悪することなどできやしない。

嘉一は、間宮の愛の到達点を、この眼で見たいと思った。それが、彼にシンパシーを抱いた第一の理由だ。

「やっ、やめてっ……もうやめてっ……」

四つの電マで三十分も責められつづけた櫻子は、すでに息も絶えだえの状態になっていた。何度かイキそうになっていたが、間宮が絶妙なタイミングで股間から電マを離すので、イクことはできない。

ドレスを着たままだから暑いのだろう、櫻子の顔は汗まみれで、化粧が落ちはじめていた。ストッキングを脱がせればきっと、獣じみた匂いがむんむんと立ちこめてくることだろう。

「やめていいのか？」

間宮が櫻子に言った。

「イキたいんだろう？　イキたくてイキたくてしょうがないって顔をしているぞ」

「ううう……」

櫻子は紅潮しきった顔をそむける。

「イキたければ、私たちの奴隷になることだ」

「……なんですって？」

櫻子が眼を剝いた。

「これからは我々がこの家の主で、あなたがメイドになるんだよ」

「だっ、誰がっ……」

嚙みつきそうになった櫻子の顔が、ひきつった。

間宮がナイフを取りだしたからだ。柄の部分が銀細工になったアンティークな代物だったが、刃は大ぶりでよく研がれていた。

「動いたら怪我をするぞ」

ナイフが櫻子の胸元に差しこまれ、ドレスが引き裂かれていく。ブラジャーの前もすっぱり切られ、豊かな双乳が揺れはずみながら露わになる。

「いっ、いやっ……」

パンティストッキングに包まれた下肢を、櫻子は恥ずかしそうによじった。いっそ全裸にされてしまったほうがマシだと、彼女の顔には書いてあった。いまの絵図は、いかにも凌辱者たちのみじめな餌食だ。

しかし、にもかかわらず櫻子は濡らしているのだった。剝きだしになった赤い乳首に嘉一が電マのヘッドをあてがうと、ビクビクと腰をわななかせた。悲鳴が甲高くなり、声音に色香を滲ませた。

「イキたいんだろう？」

間宮の顔がギラついてくる。

「イキたかったら、そう言えばいい。奴隷になりますから、イカせてくださいと……」

「ふざけないでっ！」

櫻子はこみあげてくるものを懸命にこらえ、唇を嚙みしめる。

「あなたが奴隷になったのは、あなたがそうしたかったからでしょう？　自分を放棄したかったのよ。わたしは奴隷になんてなりたくない」

「たしかに私は自分を放棄したかった。仕事も家庭も失って、なにも考えたくなかった。しかしいまは……いまはあなたを奴隷にしたい」

鬼の形相になっていく間宮が、いよいよ鞭を振るいはじめるのではないか、と嘉一は身構えた。

しかし間宮は、執拗に電マで責めたてる。よく見ると、股間にあてがう時間がじりじりと少なくなっていく。櫻子が燃えていけばいくほど、刺激を弱めていっているのだ。焦らし抜いて、正気を失わせるために……。

5

間宮の責めは蛇のように執拗だった。

合計で二時間ほども、片脚吊りの櫻子を責めつづけた。

「あああっ……はぁあああっ……」

あえぎ声をあげつづけた櫻子は、閉じることのできなくなった唇から、大量の涎を垂らしていた。端整な美貌は汗にまみれ、髪が張りついて無残なことになっている。

前を切り裂いてしまったとはいえ、ドレスやパンストの残った体は、体温が上昇していくばかりなのだろう。異様なほど汗が匂った。それも、スポーツのときにかく汗とは違う、発情の汗の匂いがした。しかも、汗だけでは説明できない、獣じみた匂いも混じっている。

濡らしているのだ。ショーツとパンストに密封されたまま、女陰は大量の蜜をあふれさせ、匂いだけを撒き散らしているに違いなかった。

「一度おろそう」

間宮に声をかけられ、嘉一は一緒に櫻子を天井からおろした。手の拘束をといても、ふたりがかりで押さえつけられていては、櫻子はほとんど抵抗できなかった。間宮の指示で、引き裂かれたドレスを脱がし、ショーツやパンストも脚から抜いた。櫻子の真っ白い肌は汗でテラテラと濡れ光り、光沢のあるパンストを着けていたときよりもまぶしく輝いて見えた。

間宮は、櫻子をあらためて後ろ手に縛りあげると、黒い漆塗りのケースから紫色の特大ヴァイブを持ってきた。髪をざんばらに乱し、乳房や恥毛を隠すことすら許されず、カーペットの上で横座りになっている櫻子は、さながら罪人のようだった。

その顔色は、ヴァイブを見ても変わらなかった。想定内、というわけだ。しかし、間宮がもう一本、ヴァイブよりもずっと細い大人のオモチャを取りだすと、大きく息を呑んだ。

「なにをするものかわかるかね？」

直径二センチほどの白い球体が数珠つなぎになっているスティックを、間宮は櫻子の顔の前に突きつけた。

「アナルパールだよ。肛門を開発するのに使うんだ」

櫻子の顔からみるみる血の気が引いていく。ルージュが落ちてもなお赤い唇まで、わなわなと震えながら色を失っていく。

嘉一はその段取りを、あらかじめ間宮から聞かされていた。櫻子には弱点がふたつある。ひとつは複数プレイ。そしてもうひとつがアヌスらしい。

「そこに触れられることを、彼女は極端に嫌がるんだ。自分は平気で男の肛門を舐めまわすくせに、クンニのついでにちょっと舌が触れただけでも、烈火のごとく怒りだす。お嬢さま育ちの名残なのかね。あるいはお嬢さまに憧れているだけなのかもしれないが、あの女は肛門に異常な羞恥心を覚えるんだ。いまでも本心では、バックで挿入されるのが嫌いなはずだ。肛門を見られるから……」

だが、奴隷であるなら、その体の隅々まで主のものなのだ。遠慮する必要はなにもなく、すべてを開発しなければならない――そう言い放った間宮の眼は狂気に血走り、みずからの決断に陶酔しているようだった。

「四つん這いになるんだ」

間宮に迫られても、櫻子は唇を噛みしめて震えているばかりだった。すると間宮は、嘉一に目顔で指示を出し、ふたりがかりで四つん這いにさせた。丸裸で後ろ手に縛られている櫻子に、抵抗の術はなかった。間宮が彼女の後ろに陣取り、嘉一はあぐらをかいた脚に櫻子の上半身を載せた。

じっくりと顔を拝むため、嘉一が櫻子の乱れた髪を整えてやると、

「やっ、やめさせてっ……」

櫻子は震える声で訴えてきた。

「お尻はっ……お尻の穴だけは、わたし嫌なのっ……間宮はそれを知っているのっ……知っていて犯そうとしているのっ……んんんーっ！」

汗まみれの美貌が歪んだ。

「まずは前の穴からだ」

間宮が言い、ヴァイブを挿入しはじめる。

「んんんっ……んんんんーっ！　あああああっ……」

櫻子の顔が、一瞬にして蕩けた。それもそのはずだった。二時間近くも四つの電マで責めたてられ、彼女は発情しきっていた。にもかかわらず、ただの一度もイカせてもらえなかったのだ。間宮に向かって突きだされたヒップの中心は失禁したように濡れまみれ、白濁した本気汁さえ盛大に漏らしているに違いない。

「あああっ……あああああっ……」

間宮が抜き差しを始めると、色を失っていた櫻子の顔は、みるみる生々しいピンク色に染まっていった。いやらしい顔だった。そしてどこまでも、男心を揺さぶる表情だ。

男性機能をとうに失ったじいさんでも、こんな顔を見せられれば奮い立つに違いない。嘉一も静観しているつもりだったが、我慢できずに櫻子の乳房を揉みはじめてしまう。

「あああっ……はぁあああっ……はぁああああっ……」

櫻子の呼吸がはずみだし、身をよじりはじめる。間宮によれば、彼女はバックスタイルが苦手らしいが、見た目からはそんな心情はまったくうかがえない。くびれた腰を凹ませて尻を突きだし、間宮の抜き差しに合わせて、ゆらゆらと振っている。男の視線を意識する癖がついているのか、女体の美しさといやらしさをこれでもかと見せつけてくる。

嘉一もどちらかと言えば、女の顔が拝めないバックスタイルは好きではなかった。しかし、こんな素敵な眺めで腰を使えるなら——櫻子が相手なら、何度でも挑みかかっていきたい。

しかし、そんな眼福を長く楽しんでいることはできなかった。

間宮が動いた。ヴァイブを前の穴に刺したまま、右手の人差し指にローションを塗った。ボトルに入った、アヌス専用のローションである。普通のローションでは乾きやすいと、間宮から説明を受けていた。アナルパールといい、専用のローションといい、間宮はいつかこんなときが来たときのために、準備を万端に整えていたのだ。

「ひっ！」

櫻子の顔がひきつった。間宮がアヌスにローションを塗りはじめたのだ。

「やっ、やめて、触らないでっ！」

振り返ろうとした彼女の上体を嘉一が押さえると、

「やめさせてっ……」

眼尻を垂らした泣きそうな顔を向けてきた。

「あなたはわたしに恨みなんてないでしょう？　いやなのよっ！　本当にダメなのよ、お尻の穴だけはっ……あおおっ！」

間宮の指がアヌスに入ったらしい。

「もう諦めて受け入れるんだ」

「あおおっ……おおおっ……」

「あんたはこれから私たちにアヌスを調教されて、私たちの奴隷になる。心配しなくても、毎晩失神するまでイキまくらせてやる。あんたみたいな女は、ふたりがかりでちょうどいい」

「いっ、いやあああああーっ！」

櫻子は嘉一にすがるような眼を向け、滑稽なほど早口でまくしたてた。

「たっ、助けてっ……助けてくれたらお金をあげるっ……この家の金庫には、何億円もあるのよっ……間宮をこの島から追いだしてくれたらっ……三千万っ……うぅん、五千万あげてもいいから助けてっ……ああああーっ！」

櫻子の言葉は、途中で無残に切り裂かれた。間宮がヴァイブの抜き差しを再開したからだった。右手の人差し指は、アヌスに埋まったままだった。かたくすぼまったそこを丁寧にマッサージしながら、左手では長大なヴァイブを操って、子宮をずんずんと突きあげる。

「この期に及んで金の話をするとは幻滅だな」

間宮が吐き捨てるように言った。

「あんたはいままで、金の話なんてひと言もしたことがなかった。そういう潔癖なところに惚れていたのに……ついに馬脚を現したわけか？」

「あああっ……はぁあああああーっ！」

　真っ赤な顔であえいでいる櫻子はもう、言葉を返すことができない。いくらおぞましいアヌス責めの憂き目に遭っていても、同時にヴァイブも抜き差しされているのだ。発情しきった体は、オルガスムスを求める。本人の気持ちとは裏腹に、体中の肉という肉が淫らな痙攣を起こしはじめる。

「イクのか？　澄ました顔して、尻の穴でイッちゃうのか？」

「やめてっ！　もうやめてええええーっ！」

　言いつつも、櫻子はいまにもイッてしまいそうだった。だがもちろん、間宮はイカせない。絶妙のタイミングでヴァイブを抜いてしまう。

「あああっ……あああああっ……」

　焦らされて、落胆した櫻子の顔は見ものだった。嘉一はいつまでも眺められていると思ったが、間宮はすかさず次の責めに移る。

「いよいよアナルパールだぞ」

　白い球体が数珠つなぎになったスティックにローションを塗る。

「たっぷりマッサージを施したから、簡単に入るはずだ。そら、ひとーつ、ふたーつ……」

　パールの数を数えながら、アヌスにスティックが入れられていく。櫻子は真っ赤に顔を燃やし、ぎゅっと眼をつぶっている。

「ななーつ、やっつ……もう根元まできたぞ。どうだ？　気持ちいいか？」

櫻子は声も出せず、ただ唇を震わせるばかりだ。

「入れるときより、抜くときのほうが気持ちいいらしいけどな。ポコン、ポコン、とアヌスが開いたり締まったりする感覚は、前の穴じゃ得られない新鮮な快感らしい」

間宮がアナルパールを抜こうとすると、

「ねえっ、お願いっ！」

櫻子が嘉一に向かって絶叫した。

「いっ、一億円払ってもいいから助けてっ！　助けてっ！」

その必死の形相は、排泄したくてもトイレが見つからない人間が見せる顔にそっくりだった。実際、アナルパールを抜かれれば、大失態を演じてしまう惨事になるという怯えもあるのだろう。間宮によれば大丈夫らしいが、実際に挿入されている櫻子は、アナル開発の知識などなにもない。

「そーら、抜いていくぞ……」

間宮の言葉に、櫻子が息を呑んで身構える。紅潮した頬が痙攣している。ポコン、ポコン、とアヌスが開いたり締まったりしているのだろうと、表情からでもうかがえる。

一億円——たとえそれほどの大金が本当に支払われるとしても、嘉一は櫻子を助ける気にはなれなかった。昔から欲がないほうだが、十億と言われても首を縦には振らなかっただろう。

嫌悪するアヌスの開発を受け、悶絶している櫻子の姿は身震いを誘うほどエロティックだった。ポコン、ポコン、とパールがひとつずつ抜かれるたびに、その美貌はひきつり、時には白眼を剝きそうになる。ある意味、醜悪と言っていい表情をしているのに、視線をそらすことができない。顔にかかった髪を直しては、その顔を凝視せずにはいられない。

「あおおっ……おおおっ！」

最後まで抜かれた瞬間、ひときわ悲愴感あふれる声をあげた。もうダメだという諦観、そして恥辱にまみれながら、失態には至らず安堵（あんど）の溜息をもらしている。

だが安心することはできない。

「じゃあ、もう一度入れるぞ。ひとーつ、ふたーつ……」

「あああっ！　あああああーっ！」

あえぐ櫻子に、嘉一は欲情していた。これほど自分を奮い立たせる女は、この世にふたりといないだろうと思った。

だが、同時に深い敗北感も覚えている。このままじっくりと開発してやれば、櫻子はおそらく尻の穴でも快楽を得られるようになるだろう。そうなれば、彼女を奴隷にしようという目論見は達成できない。彼女を奴隷に堕とすどころか、ふたりがかりで奉仕している格好になるだけだ。

6

予想ははずれなかった。

しかも、たいして時間がかからなかった。アナルパールを十往復もさせると、櫻子は次第にあえぎはじめた。

間宮が右手でアナルパールを操りながら、左手でクリトリスをいじりはじめたせいもある。嘉一が乳房を揉み、乳首をつまんでいるせいもあるだろう。快楽の錯綜が、おぞましいプレイへ順応させたには違いないが、それにしても驚くべき速さで感じはじめた。

「ああっ、いやっ……いやあああっ……」

しきりに首を振りながらも、ポコン、ポコン、に反応して、腰が跳ねている。押さえこんでいる体が燃えるように熱くなり、いままで経験したことのない快楽に蝕まれていると伝えてくる。

　嘉一と間宮は眼を見合わせた。間宮の顔には疲労がうかがえた。ここまで執拗に責めたてても櫻子を屈服させられず、奴隷にはできていない。結局のところ、最後には彼女に奉仕することになりそうだ——嘉一と同様に、そう思っているのだ。

「なあ……」

　間宮が声をかけてきた。

「アナルパールがこれだけスムーズに入るということは、アナルセックスもできるということじゃないか？」

「……ですね」

　そこまでは当初の計画になかったが、嘉一はうなずいた。このまま櫻子にオルガスムスを与える流れになれば、一時は勝ち誇った気分になれるだろう。しかし、それではいままでとまるで同じで、人間関係も変わらない。明日から、執事の格好をした男奴隷が、ふたりに増えるだけだ。

　諦めるわけにはいかなかった。櫻子の奴隷になるなんて、簡単なことだった。しかし、櫻子を奴隷にするのは、十億の金を得るより価値のあることに思える。彼女にメイドの格好をさせて、給仕をさせたかった。他愛もないお遊びだが、櫻子ほどの女を自由にできるのは、この世に生まれてきた男すべての夢ではないだろうか。

嘉一は服を脱ぎ捨てて全裸になった。イチモツはとっくに勃起していた。ヴァイブに比べれば心許ないサイズだが、櫻子のボディは短小のペニスさえもきつく咥えこめる特別製だ。ましてやアヌスとなれば、前の穴以上にキツキツに締まるに決まっている。

「やっ、やめてっ……」

怯えきった顔をしている櫻子を一瞥し、後ろにまわりこむ。

「キミはあお向けになってくれたまえ」

「えっ？」

嘉一は首をかしげた。アナルセックスの経験はないが、穴の位置的にいって、当然バックスタイルで繋がるものだと思っていたからだ。

だが、間宮になにか考えがあるのだろうと思い直し、カーペットの上にあお向けになった。

「いっ、いやっ……いやよっ……アナルセックスなんて絶対にいやっ……そんなの人間のすることじゃないっ……」

「そうかもしれんな……」

間宮は静かに答えてから、櫻子の体を持ちあげた。幼い少女に小便をさせるときのように、後ろから両脚を抱えあげて……。

「いやあああーっ！」

　櫻子は泣き叫んだが、後ろ手に縛られたままではどうにもならない。

　しかも間宮が、

「暴れないほうがいい。暴れると尻の穴が切れるぞ。一生、人工肛門になってもいいのか？」

　恐ろしいことを口にしたので、櫻子は悲鳴もあげられなくなった。

「じっくりマッサージしたから、暴れさえしなければなにも起こらない。ただ、おぞましいプレイに足を踏み入れて、人間でなくなるだけだ」

　間宮は櫻子の両脚を後ろから抱えたまま、嘉一の上におろそうとしている。まさに合体。しかし繋がるのは、彼女自慢の前の穴ではない。

「ううう……くぅううっ……」

　櫻子がうめきつつ上から嘉一を睨んできた。涙眼になっている表情が、嘉一の胸をひときわざわめかせた。百戦錬磨の彼女も、アナルセックスの経験はない。アナルヴァージンなのである。これからそれを奪うのである。

「ねっ、ねえ、間宮さんっ……」

　櫻子は首をひねって間宮を見た。

「お願いだから許してちょうだいっ……あなたがわたしを憎んでいることは知っていたわよ

……たしかにわたしのせいで、仕事も家庭も失ったのかもしれない……でも……でも、だから、ＳＭにも付き合ったじゃない？　お尻に痣ができるまで鞭で打たれても我慢したじゃない？　でもこれはっ……アナルセックスはあんまりよっ……あんまりじゃないのよっ！」

間宮は顔色ひとつ変えず、Ｍ字開脚に後ろから押さえた櫻子の股間を、嘉一の股間に近づけてきた。嘉一は勃起しきった男根に手を添えながら、櫻子はなにもわかっていない、と思った。間宮は櫻子を憎んでいると同時に、愛しているのだ。憎んでいる以上に激しく、愛の炎を燃やしているのだ。

ヌルリ、と亀頭になにかがすべった。間宮がたっぷりと塗りこめたアナルローションに違いなかった。嘉一は大きく息を呑んだ。これだけヌルヌルならば、挿入は難しくなさそうだ。

「やっ、やめてっ！　本当にやめてっ！　あああああーっ！　はぁああああああーっ！」

じわり、と股間がさげられるほどに、櫻子が断末魔の悲鳴をあげる。間宮が両脚を抱えている力を少し弱めれば、彼女自身の体重でアヌスに男根が突き刺さっていく仕組みだ。

「あああーっ！　はぁあああああーっ……あおっ！」

さすがに肛門はきつく閉じていたが、女の全体重がそこにかかれば、亀頭はめりこむ。嘉一は男根を握りしめ、櫻子の恥ずかしい穴を迎え撃つ。メリッ、と亀頭が埋まった感触があり、櫻子は声も出せなくなった。肛門の締まりは前の穴の比ではないほどきつかったが、入口だけだった。奥は生温かい空気の漂う空洞になっていた。むりむりと入口をひろげながら、男根は時間をかけて根元まで埋めこまれていった。

「ああああっ……あああああっ……」

ショック状態に陥った櫻子は、焦点の合わなくなった両眼から滂沱(ぼうだ)の涙を流した。肉体的なショックより、精神的なショックが大きいのだろう。

彼女はセックスの天才だから、いつだって自分を大切に扱わせてきた。

実際、櫻子を抱いた男は、玉でも磨くように彼女を扱ってきたことだろう。容赦なく鞭を振るっているように見えた間宮でさえ、本当のところは櫻子のコントロールの下にあった。彼女は自分のしたくないことを決してしなかった。そんなことをしなくても、男を満足させ、男を虜にできたからである。

その櫻子がいま、もっともおぞましいと思っている肛門に、男根を咥えこんでいるのだった。他でもない嘉一のものが埋めこまれ、ショック状態で声も出せないでいる。

和式トイレにしゃがみこむように両脚をM字に開いている彼女は、二脚の椅子の上で同じ格好をさせたときより、さらにみじめで滑稽だった。

あのときよりもっと動けないからだ。

下手に動いては尻の穴が切れてしまうかもしれないという恐怖もあるのだろうが、入れてはならないところにペニスを入れられ、金縛りにあったように動くことができないのである。

とはいえ、入れているほうの嘉一はこれ以上なく興奮しきっていた。動けないなら動かしてやると奮い立ち、右手を櫻子の股間に伸ばしていく。後ろの穴で結合しているので、櫻子は優美な小判形の草むらに飾られたヴィーナスの丘を、無防備に出張らせていた。

嘉一の狙いは、もちろんクリトリスだった。

濡れた恥毛を指で掻き分け、それを探した。

「やっ、やめてっ……」

櫻子の顔がひきつる。

「さっ、触らないでっ……そんなところをっ……あああーっ！　はぁあああああーっ！」

体をのけぞらせても、彼女が後ろに倒れる心配はない。間宮がそこに立ちはだかっているからだ。嘉一の動きに呼応するように、間宮は櫻子の双乳を裾野からすくいあげ、乳首をもてあそびはじめる。

「いっ、いやあーっ！　いやああああああーっ！」

クリトリスと左右の乳首に刺激を受けた櫻子は、じっとしていられなくなった。間宮に後ろから押さえられているので、激しく身をよじることはできなかったが、腰が動きはじめた。

アナルヴァージンにもかかわらず、股間を上下させたのには驚かされた。それはどうすれば気持ちよくなるのか、知っている動きだった。あるいは、どうすれば相手を気持ちよくできるのかを熟知している……。

「はぁあああっ……はぁあああっ……はぁあああーっ！」

眉根を寄せた苦悶の表情をしつつも、彼女は確実にアナルセックスに順応しはじめていた。股間の上下は餅を搗くようなスローな動きだったが、感じていることはあきらかだった。クリトリスをいじっている嘉一の指に、新鮮な蜜が熱湯のように浴びせられている。

「いやらしい女だっ！」

間宮が左右の乳首をぎゅうっとひねりあげる。

「あああああーっ！」

櫻子は悲鳴をあげるが、その声はもはや桃色の色香に染め抜かれ、拒絶のニュアンスは一ミリもない。

「イキそうなのか？　尻の穴でイッちゃいそうなのか？」

「ああっ、イキそうっ……お尻の穴でイッちゃいそうっ……」

蕩けるような表情で答えた瞬間、間宮が動いた。櫻子の横側に移動すると、鬼の形相でズボンとブリーフをおろした。

櫻子が息を呑んで眼を丸くする。嘉一もおそらく、似たような表情をしたことだろう。

勃っていたからだ。

EDのはずの間宮のイチモツが、臍を叩くような勢いで反り返っていた。

「いやらしい女だ……いやらしい女だ……」

間宮は呪文のように唱えながら、乱れた櫻子の黒髪をむんずとつかみ、唾液まみれの唇に切っ先を近づけていった。まだ眼を丸くしたままの櫻子に、勃起しきった男根を強引に咥えこませた。

「うんぐううぅーっ！」

「これでもイクのか？　尻の穴を犯されながら口まで犯され……ふたりがかりの慰み者になってるのに、イクっていうのか？」

間宮は櫻子の頭を両手でつかみ、ぐいぐいと腰を振りたてた。それはもはや、フェラチオの範疇を超えた暴力的なイラマチオだった。櫻子の顔を犯してやるという、異様な気迫が伝わってきた。息苦しいのだろう、櫻子の眼からは大粒の涙がボロボロとこぼれたが、それでも容赦なく腰を振りたてる。

「うんぐうっ！　ぅんぐううぅーっ！」

恐るべきことに、櫻子は鼻奥で悶え泣きながらも、股間を上下させるのをやめなかった。

クリトリスの刺激に、熱湯のような蜜を漏らしつづけた。

地下室の天井の低い空間を、陶酔だけが支配していた。

嘉一はもはや、頭の中を真っ白にして、櫻子のアヌスの締まり具合を堪能するしかなかった。

久しぶりに男性機能を回復した間宮は、顔を真っ赤にして櫻子の顔を犯している。

二本の男根を迎え撃っている櫻子は、自分が誰かもわからなくなるくらい、陶酔の極地にいたのではないだろうか。

複数プレイやアナルセックスへの嫌悪感も忘れ、ただ一心に肉の悦びを求めていた。汗まみれの肢体から、むせかえるほどの発情のフェロモンを撒き散らし、ふたりの男を翻弄した。前の穴も塞がれていないのに、いまにもオルガスムスへの階段を全速力で駆けのぼっていこうとしていた――。

最終章　あなたなしではいられない

1

嘉一が想像していたとおり、島から本土まではクルーザーで一時間ほどの距離だった。

高速船などの巡回ルートになっていれば、三十分もかからないだろう。

その日、嘉一と間宮は港町に来ていた。

かつて嘉一はその付近の旅館に長逗留（とうりゅう）し、泥酔した挙げ句、入水自殺のように海に入ったのだが、懐かしさなどまるで感じなかった。

島を出るのも久しぶりだったので、普通なら気のきいた料理屋の暖簾でもくぐり、普段は口にできない料理に舌鼓でも打つところだろうが、そんなことは脳裏をかすめさえしなかった。

待ち合わせ場所であるコンビニの前に行くと、それらしき男たちがすでに集まっていた。二十代前半の屈強な体つきの男が、全部で五人。

日本全国からネットで集めた人材だった。「一週間の泊まり込み、日給二万円、ごく簡単な力仕事、交通費支給」という条件で、すぐに集まった。このご時世、体力がありあまって、楽して短期で稼ぎたい男はそこらじゅうにあふれている。

点呼をとって五人をクルーザーに乗せた。

「仕事内容の説明はないんですか？」

と口々に訊かれたが、

「現地に着いたら説明する。気に入らなければ、すぐにいまの港町まで送り届ける。交通費はこちらもちだ」

そう言って黙らせた。

とはいえ、クルーザーで一時間も揺られていると、さすがに不安になってくるのだろう。島に着いたときは五人全員の顔色が悪くなっていたし、蠟燭が灯された地下室に案内すると誰も彼も落ち着かなくなった。

だがそれも、やがて静まる。

カツ、カツ……とハイヒールを鳴らして櫻子が地下室に入ってきたからである。その顔に笑みは浮かんでいなかった。人形のような無表情が端整な美貌をひときわ美しく見せることを、彼女はよく知っていた。

間宮が櫻子の隣に立って話をはじめた。

「仕事の内容は簡単だ。一週間、この地下室に籠もって彼女とセックスしてもらいたい」

五人がざわめく。

「ひとりずつでもいいし、みんなで寄ってたかってでもいい。彼女を一回イカせれば、一万円のボーナスを出す。ひとりで十回もイカせれば、十万円だ」

ざわめきはおさまらない。

「冗談でしょ？　そんな綺麗な人が……」

ひとりが言ったので、間宮は櫻子の後ろにまわった。彼女は今日、白いドレスを着ていた。それを脱がし、純白のランジェリー姿にする。ガーターベルトのついたセクシーなデザインだ。若い男たちの全員が、ごくりと生唾を呑みこんだ。

「この仕切りのない部屋でセックスするんですか？」

別の男が手をあげて質問した。

「そうだ。一対一でも、まわりには人がいる。彼女はＳＭからアナルセックスまで調教済みだから、なにをやってもかまわない。ただ、絶対に体には傷をつけないでくれ」

「この部屋には監視カメラがついている」

嘉一は口を挟んだ。

「おかしなことをしたら、我々がすぐに飛んでくるから、そのつもりで」

「悪くない話だろう？」

間宮が続けた。

「若いうちは精力が溜まってしようがないだろうから、すっきりして帰ってくれ。帰りには、懐も温かくなっている。複数で彼女をイカせた場合、ボーナスは山分けだが、それだって塵も積もればなんとやらだ。この部屋には電マもヴァイブもある。寝る間も惜しんで彼女をイカせれば、それだけ稼ぎが増える。食糧は、日に三回、上から運んでくる。キミたちは心置きなく、セックス漬けの一週間を送ってくれればいいだけだ」

「途中でリタイアしたくなったら……」

「それはできない。監禁しているわけじゃないから、帰りたくなったなら送っていくが、その場合、金はビタ一文払わない」

「まあ、よほどの体調不良じゃなきゃ、リタイアなんてしたくならないだろうさ」

嘉一は鼻で笑いながら言った。

「あれだけ綺麗な女を抱けるんだ。キミらにとって最高の一週間になる」

「では、仕事を断る者がいるなら、手をあげてくれ。さっきの港まで送っていく。誰かいるかな？」

手をあげる者はいなかったが、五人全員がキツネにつままれたような顔をしていた。

2

櫻子を地下室に残し、嘉一と間宮は一階へ続く階段をのぼった。

これからリビングで監視カメラを眺めつつひと休み、の予定だった。その前に、嘉一はトイレに寄った。用を足し、手を洗っていると、鏡に映った自分の顔が眼に入ってきた。

何度見てもドキリとする。

これが本当に自分の顔だろうかと、鏡をまじまじと凝視せずにはいられない。

髪の毛が真っ白になっていた。皺が目立つ顔も、とても二十二歳とは思えないほど老けている。地下室に残してきた連中に、自分も同世代だと言ったら、いったいどんな顔をするだろう？

この島に来て三カ月で、二十も三十も年をとってしまったようだった。櫻子に若さを吸いとられてしまったのだと思うと、乾いた笑みがもれた。後悔はしていなかった。櫻子は抱けば抱くほどさらに抱きたくなる女だったが、そんな女と暮らしていて無傷でいられるわけがない。

リビングに行くと、ウイスキーが用意されていた。

嘉一も間宮もストレートで飲んだ。嘉一はかつて、そんな乱暴な飲み方をしていなかった。間宮にしても同じだろう。心身ともに疲れきっているとき、水割りだのロックだのでは、効かないのだ。

嘉一も間宮も疲れきっていた。ノートパソコンのモニターには、地下室の様子が映っている。五人の男たちは、ジャンケンで櫻子を抱く順番を決めようとしているようだった。

のどかな光景だと、ぼんやりと思う。彼らは精力がありあまっていそうだが、我慢強さがなさそうだった。櫻子のフェラで……いや、指で触れられただけでイッてしまうのではないだろうか。

「どうかしたかい？」

嘉一が喉奥で笑ったので、間宮が声をかけてきた。

「いや、べつに……」

「どうなるかね？」

「予想通りだと思いますよ」

「まあ……そうか」

間宮は溜息まじりにうなずいた。

ふたりは、五人のうち二人か三人は、島に残ると言いだすだろうと予想していた。もちろん、櫻子に魅せられて、だ。

そうなれば、拒まないつもりだった。下手をすれば、五人が五人とも残ると言いだすかもしれない。向こうにまわし、一週間セックス漬けの生活を送っても、まだ余力が残っている気がした。

五人の中に、すさまじく性技に長けた人間でも潜んでいれば別だろうが、見る限り全員がごく普通の若者だ。

それが、櫻子と寝れば、どんどんテクニックがあがっていくし、快楽の濃度も濃くなっていく。いままで身のまわりの恋人やフーゾク嬢としてきたセックスが、偽物と思えるほどの衝撃的な快感が味わえる。

嘉一と間宮はなにも、櫻子の性欲が自分たちの手にあまったから、こんなことを思いついたわけではなかった。

疲れきっていることは事実だが、性欲までが枯れてしまったわけではない。櫻子を連れて地下室に籠もれば、夜を徹して責めつづけられる。

飽きてしまったのは、櫻子のほうだった。

はっきりそう口に出して言われたわけではないが、このところ、退屈そうな顔をよくしていた。

そこで、嘉一と間宮は忖度し、若い男たちをこの島に連れてくるアイデアをひねりだしたのである。

忖度とはいえ、嘉一と間宮はそのアイデアに興奮した。

まず第一に、櫻子が見知らぬ男に寄ってたかって抱かれているシーンを眺められることが素晴らしい。櫻子がどうやって彼らを手懐けるかに、好奇心をくすぐられた。それに、一週間にもわたってそういうシーンを目の当たりにしていれば、ジェラシーだってわいてくるはずだ。自分たちもいままでとは違う、新鮮な気分で櫻子に接することができそうだった。

櫻子という女は、セックスをすればするほど美しくなる。彼女自身が不快だと思ったり、おぞましく感じているプレイでも、結局のところすべてを呑みこみ、オルガスムスへと駆けあがっていく。

ということは、五人がかりで体をむさぼられた櫻子は、いま以上に美しく輝き、濃厚な色香を纏っているに違いなかった。そんな彼女と対峙したときのことを想像すると、いまから体が震えてくるくらいだ。

五人の男たちがこの島に残ることを望むにしろ望まないにしろ、一週間が経過した時点で、いったんは島から出ていってもらうことになっていた。

そこからは、嘉一と間宮のスペシャルな時間だ。

この一週間、地下室の出来事をモニターで眺めながら、新しいプレイについてミーティングを重ねることになっていた。美しさも色香も増した櫻子を、どうやって悦ばせるか……。

一週間女断ちをし、ジェラシーに駆られながら精力を溜めこんだ自分たちは、いままでとはかなり違うはずだ。新しい責めのアイデアに加え、チャージされたエネルギーを爆発させれば、今度こそ櫻子を奴隷にできるかもしれない。あの女を屈服させ、自分たちが主になることが……。

モニターの中で、セックスが始まった。

ジャンケンに勝った男がベッドで櫻子と相対し、残りの四人が遠巻きにそれを眺めている。おそらく、人前でセックスなどしたことがないのだろう。相手の男はもじもじして、なかなか手を出さない。櫻子はすでに下着姿――しかも、扇情的な純白のセクシーランジェリー姿なのに、なにもできない。

すると櫻子は、彼をうながしてベッドの上に立ちあがらせた。彼の足元に両膝をついて、ズボンとブリーフをおろした。もじもじしていたくせに、彼のペニスは勃起していた。生意気なことに、かなりの巨根だった。

彼もその自覚があるらしいが、櫻子は冷めた眼つきできつく反り返った男根を眺めながら、根元に細指をからめていった。身をよじる男を、上目遣いでチラチラ見上げながら、ゆっくりとしごきはじめた。赤い唇を割りひろげ、ピンク色の舌を差しだした。それで亀頭を舐められると、男は野球場のスタンドでエールを送っている応援団のように、全身をのけぞらせた。

チッ、という音が聞こえた。

間宮が舌打ちしたのだった。

彼は嘉一よりもずっと激しく、櫻子のことを愛していた。三人でセックスする時間がいくら蓄積していっても、そのバランスは変わらなかった。嘉一も嘉一なりに櫻子を愛しはじめていたが、間宮には敵わなかった。

ということはつまり、櫻子が見知らぬ男に抱かれてジェラシーに胸を焦がす熱量も、間宮のほうが遥かに上ということになる。だいたい、EDから復活したのも、目の前で嘉一と櫻子が繋がっていたからなのだ。間宮からあのときの心情を聞いたわけではないけれど、おそらく間違いない。

モニターの中で、櫻子のフェラチオは続いている。

「一週間で、何回くらいイカされますかね？」

嘉一が意地悪な質問をすると、

「たいしたことないだろ、みんな下手そうだ」

間宮は吐き捨てるように言った。やはり、ジェラシーで胸がチクチク痛んでいるようだ。

「それでも、相手は彼女ですからね。三日もすれば要領がわかってきて、その後は一日中イキッぱなしになるんじゃないですか」

間宮は言葉を返さず、ウイスキーを呷った。

「でも、心配することはないですよ。彼らが何度イカせても、彼女は結局、俺たちのものだ。俺たちとするのが、いちばんいいに決まってる」

「それは……どうかな……」

間宮の横顔に、鈍色の諦観が滲んだ。

「今度こそ、彼女を奴隷にするんでしょ？」

黙ってウイスキーを飲んでいる。

「できますよ。次は一週間でも二週間でも、焦らし抜いてやりましょう。頭がおかしくなりそうな生殺し地獄でのたうちまわらせてから、色ボケになるまで犯し抜いてやるんです。それでもう一度、焦らしをチラつかせれば……」

そんなことをしたところで、結局は櫻子は奴隷になどならない。こちらが奉仕してしまうだけではないかという諦観は、嘉一にもあった。

しかし、間宮の横顔に浮かんでいるのは諦観だけではなかった。

もしかすると、負けることを望んでいるのではないかと思わせるところがある。

櫻子を奴隷にすることを望みながらも、負けつづけて自分が奴隷になっている……その状態こそ、間宮が無意識に求めているものなのではないだろうか？　そして嘉一の中にも、そんな敗北主義が、まったく潜んでないとは言えない。

ならば、いくらアイデアを出し、精力を溜めこんでも無駄だった。

いくら人間を増やしたところで、結果は同じ。増やした人間の数だけ、奴隷が増えるだけの話だ。

モニターの中では、櫻子が若い男にまたがり、腰を使っていた。音声の感度は鈍いが、それでもどよめきが伝わってくる。遠巻きに眺めている四人が、どよめいているのだ。櫻子の腰使いが、いやらしすぎるからである。

櫻子が五人を手懐けるのに、三日もかからないかもしれなかった。

嘉一はぼんやりと、あの日のことを思いだしていた。

間宮が島から出ていくという芝居を打ち、櫻子に初めての複数プレイ、初めてのアナルセックスを強要したときのことだ。

3

敗色濃厚とはこのことだった。

嘉一はあお向けになり、騎乗位で櫻子と繋がっていた。しかし、M字に開かれた両脚の間を貫いている場所は、セックス専用の穴ではなかった。アナルマッサージとアナルパールでじっくり開発した尻の穴に、嘉一のペニスはずっぽりと埋まっていた。

櫻子のアナルヴァージンを奪ったことは、快哉を叫んでよかった。

おぞましさに泣きじゃくる彼女の顔には、男心をくすぐるすべての要素がぎっしり詰まっていた。

そのままであれば、嘉一と間宮の勝ちだった。

櫻子にとって、アナルセックスがどこまでもおぞましいものであるのなら、それをやらないことを条件に、奴隷にすることができたかもしれない。

しかし彼女は、次第に順応していった。あるいは、アナルパールのあたりから、本当は気持ちよかったのかもしれない。心ではそれを認めたくないが、体は感じはじめていたように見えなくもなかった。

決定的だったのは、生身のペニスで貫かれて、股間を上下に動かしはじめたことだった。排泄器官であるアヌスを、あたかも唇のように使って、嘉一のペニスをしゃぶりあげてきた。いや、入口だけが極端にキツキツなアヌスは、しゃぶるというより、絞り上げる感じだった。前の穴とはまた違う食い締めに、嘉一は激しく興奮した。元より短小で、ペニスが細いのが悩みだったから、そこまできつく締めあげられた経験がなかったせいもある。

とはいえ、そこまではある程度、予想のついた展開だった。

予想を大きくはずれたのは、そこからだ。

「ああっ、イキそうっ……お尻の穴でイッちゃいそうっ……」

櫻子が紅潮した顔を蕩けさせ、甘い鼻声で言うや否や、間宮が動いた。勃たなかったはずの男根を隆々とそそり勃て、櫻子の口唇を犯しはじめたのだ。

間宮がEDから復活したことにも驚いたが、それはあまりにも痛烈なイラマチオだった。櫻子が鼻奥で悶え泣き、大粒の涙をボロボロこぼしてもやめようとせず、むしろ深々と咥えこませていった。

気持ちはわからないでもなかった。

このままアヌスで櫻子がイッてしまえば、奴隷になるのはこちらなのだ。容赦ない責めは奉仕となり、櫻子が満足するまで何度も何度もイカせてやらなければならない。

もちろん、彼女をイカせることが嫌なわけではない。とくにアヌスで繋がっている嘉一は、このまま彼女が絶頂を迎えたら、どれほどの痙攣がペニスに響いてくるのか、想像するだけで身震いが起きるほどだった。

しかし、その日ばかりは、そうなってはいけなかったのだ。櫻子をどこまでも焦らし抜き、屈服させることが目的だった。

久しぶりに勃起したせいだろう、間宮は興奮しきっていて、顔を真っ赤にしてイラマチオをやめようとはしない。

息苦しさに追いこむことで、櫻子をオルガスムスから遠ざけようという狙いのようだが、櫻子は次第に顔を犯されることに慣れてきている。大粒の涙を流しつつも、股間を上下させることをやめようとはしない。クリトリスをいじっている嘉一の手のひらは、彼女が漏らした蜜が水たまりのように溜まり、陰毛がびしょ濡れになって、海苔(のり)のように肌に張りついている。

「うんぐっ！　ぅんぐっ！」

鼻奥から放たれる苦しげな悶え声さえ、だんだんあえぎ声に近づいてきた。くびれた腰をガクガクと震わせ、もう少しでオルガスムスに達しそうだった。

このままではまずいと思った嘉一は、

「間宮さんっ！」

真っ赤な顔で櫻子の口唇を犯している男に声をかけた。

「勃起したなら、間宮さんも彼女のアヌスを犯してみませんか？　キツキツですげえ気持ちいいですよ」

イラマチオの興奮で頭の中が真っ白になっていたのだろう、間宮は眼を泳がせながらうなずいた。どうすればいいのか、もはや自分では判断できないようだった。

そこで嘉一は、櫻子の太腿の下をつかんで、アヌスからペニスを引き抜いた。間宮と場所を替わるより、いい方法があった。

刺し替えるのだ。

アヌスから抜いたペニスを、今度は前の穴にずぶずぶと埋めていった。

「はっ、はぁあおおおおおおーっ！」

櫻子にとっても、思いがけない展開だったのだろう。ずっと放置されていた本来の穴に硬く勃起した肉の棒を突っこまれ、獣じみた悲鳴をあげた。歓喜を嚙みしめるように、ガクガク、ぶるぶる、と震えている彼女の体を、嘉一は下から抱きしめた。

上体を嘉一に預けた櫻子は、豊満な尻を突きだすような格好になった。ある意味、四つん這いのようなものだ。つまり、後ろにまわれば、無防備にアヌスがさらけだされている。

「間宮さん、入れてくださいっ！」

嘉一は叫んだ。

「一緒に入れて、二本刺しにしてやりましょう」

「……うっ、嘘でしょ？」

間近に来ていた櫻子の顔が、にわかにひきつった。

「やっ、やめてっ……前と後ろを同時になんてっ……壊れるっ……そんなことしたら、壊れちゃうっ……」

櫻子は本気で焦りだしたが、ヴァギナを男根で塞がれているうえ、下から嘉一に抱きしめられていては、どうにもならない。

間宮は息を呑んで櫻子の後ろにまわりこんでいった。EDから復帰したばかりの男根は、けれども回復したばかりとは思えないほど太々とみなぎり、嘉一のものより倍近く胴まわりがありそうだった。

「やっ、やめてえっ！　それだけは許してっ！　それだけはあああーっ！」

絶叫していた櫻子が、不意に息を呑んだ。ひきつった頬をピクピクと痙攣させ、一瞬、泣き笑いのような顔になった。

感じたらしい。

二本目の切っ先が、後ろの穴にぴったりと狙いを定めたことを……。

「いくぞ……」

間宮は低く唸るように言うと、腰を前に送りだした。瞬間、櫻子は唇をOの字に開いたが、そこから悲鳴は放たれなかった。声が出ないほどの衝撃が、その体に訪れたということらしい。

「むむっ……狭いっ……狭いぞっ……」

真っ赤な顔をした間宮が、必死に腰をひねりあげる。嘉一の顔のすぐ側にある櫻子の顔も、みるみる真っ赤に染まっていく。

「どうだっ！　どうだっ！　おおおっ……うおおおおっ！」

雄叫びとともに、間宮が後ろの穴を貫いた。下から櫻子を抱きしめている嘉一には、その体がきつくこわばり、やがて衝撃を受け、小刻みに震えだすのがはっきりとわかった。

ついに前後二本刺しが完成したのだ。

「やっ、やめてっ……」

櫻子の声は、彼女の口から放たれるにしては、あまりにも弱々しいものだった。声だけではなく、表情も体の震えも、すべてが生まれたてで立つことすらままならない子鹿のように心許なかった。

この女は、いったい何種類の表情をもっているのだろう——嘉一の胸は熱くなっていく。美人はどんな顔をしても興味をそそられるが、櫻子ほど百面相がいやらしい女は滅多にいないに違いない。

嘉一は櫻子にキスをした。いまにも泣きだしそうな彼女の舌を吸いたて、あふれだした唾液を嚥下した。さらに、涙で濡れた頬にも舌を這わせた。できることなら、顔中を舐めまわしてやりたかった。

しかし、そんな至福の時間は、長くは続かなかった。

間宮が動きはじめたからだ。

「おうっ！　おうっ！　おうっ！」

雄叫びをあげて挿入した間宮は、その勢いのまま、声をあげて腰を使った。

嘉一ももう少しで声をもらしてしまいそうだった。

下になっている嘉一は、動いていなかった。間宮が動くと、その巨根が中の粘膜を隔ててこすれあう感触がした。普通ならあり得ないし、それが同性の性器だと思うと気持ちが悪かった。櫻子を抱きしめていることと、美しい顔が近くにあったことで、なんとかこらえられた。

それに、男根の感触がどうこうと言っていられない事態が、すぐに訪れた。櫻子が、間宮の動きに反応しはじめたのだ。

「ああっ、いやっ……いやいやいやっ……やめてっ……やめてえええっ……」

言いつつも、どう見ても感じているようだった。声は甲高く歪み、呼吸はハアハアと荒々しくはずんで、なにより前の穴がすさまじく締まってきた。

元より締まりのいい櫻子だったが、アヌスとヴァギナは括約筋という筋肉で8の字に結ばれているらしい。よって、アヌスに太いものが入れば、そちらに筋肉が引っ張られて、ヴァギナが締まる。

「ああっ、いやっ……ああっ、いやあああっ……」

一分もしないうちに、櫻子の声は完全なるあえぎ声に変わった。それに煽られるように、間宮がピッチをあげていく。最初は遠慮がちだったのに、ずんずんっ、ずんずんっ、と連打を放ってくる。

嘉一も負けてはいられなかった。

とはいえ、さすがにこの体勢では、抜き差しはやめたほうがよさそうだった。無理にやろうとすれば、間宮とリズムが合わなくて、どちらかが抜けてしまうかもしれない。

しかし、根元まで埋めこんだままでも、中で動かすことはできる。腰を浮かせ気味にして、ぐりぐりと亀頭を奥にこすりつける。締まりのいい櫻子の肉穴は、それだけで充分に気持ちいい。いや、気持ちよすぎる。

「ああぁっ……はぁあああっ……」

驚いたことに、やがて櫻子まで動きはじめた。嘉一同様、派手な動きではなかったが、身をよじって肉と肉とをこすりあわせてくる。肉と肉とは、ペニスとヴァギナだ。そうしつつ、アヌスに送りこまれているピストン運動も受けとめる。間に挟まれた櫻子の動きの絶妙さが、アブノーマルな三人プレイを、ひとつのリズムにまとめあげた。呼吸が重なり、動きが合ってくると、訪れる快楽の波が、にわかに高くなってきた。

「ああっ、いいっ！」

櫻子が咆哮するように叫んだ。

「きっ、気持ちいいっ！　二本刺し、すごいっ！　すごく気持ちいいいいーっ！」

それは、嘉一と間宮をしらけさせてもおかしくない台詞だった。しかし、嘉一は抱擁に力をこめ、できる範囲でぐりぐりと奥をえぐった。いま感じている快楽の、虜になっていた。夢中になり、熱狂し、没頭していた。

おそらく、間宮も同じだったろう。

アヌスに送りこまれるピストン運動のピッチは、一定のペースを保ちながらも、ぐんぐんと熱を帯びてきた。櫻子を挟んで繋がっている嘉一には、それがわかった。一打一打に力をこめた、渾身のストロークが打ちこまれている。

そのリズムを感じていると、次第にアヌスを突いているのが自分のペニスだか、間宮のペニスだかわからない境地に達した。ペニスとヴァギナはすでにこれ以上なく密着し、涙がでそうなほど一体感を味わわせてくれている。

このまま時間がとまってしまえばいい、と思った。

二穴を犯されている櫻子は、半狂乱になってあえぎにあえぎ、訳のわからなくなった表情で、嘉一にキスの雨を降らしてきた。嘉一は舌吸いに応えながら、ピンポイントで櫻子の急所を亀頭で突いた。淫らがましくからみついてくる肉ひだに、勃起しきった肉棒をこすりつけた。

たまらなかった。

いっそこのまま死んでもいいという瞬間が、何度も訪れた。けれども快楽は肉体をどこまでもエネルギッシュにして、新しい快楽を求める。これが生きている実感なら、いままで死んだように生きていたのかもしれないと思いつつ、三人で織りなすリズムに溺れていく。これぞ肉の悦びという実感に、息もできなくなってしまう。

「ああっ、ダメッ！　ダメようっ！」

不意に櫻子がキスのとき、切羽つまった声をあげた。

「わっ、わたし、イキそうっ……もうイッちゃいそうっ……」

嘉一にはもはや、彼女を焦らす気など微塵もなかった。むしろ、こちらこそ我慢の限界を超えていた。

「よし、一緒にイクんだっ！」

間宮が叫び、ピストン運動のピッチをあげる。嘉一も下から突きあげる。三人のリズムはすでに完璧に一致していたから、もう恐れることはなにもない。

「はっ、はぁうううううーっ！」

櫻子が獣じみた悲鳴をあげた。

「ダッ、ダメッ……ダメダメダメッ……もうイクッ！　イッちゃうっ！　イクイクイクッ……はぁおおおおおおおーっ！」

長く尾を引く悲鳴をあげて、五体の肉という肉を震わせた。ぶるぶるっ、ぶるぶるっ、という痙攣が、抱きしめている上体と、繋がった性器に、同時に伝わってきた。

「こっちもっ……こっちも出すぞっ！」

間宮が叫び、

「おっ、俺もっ……俺ももう、我慢できないっ！」

嘉一も声をあげ、ずんっ、と最後の一打が重なった。

「はぁおおおおおおーっ！」

　櫻子がのけぞって、もう一度悲鳴をあげる。その声音は、いままで聞いたこともないほどいやらしく、嘉一の鼓膜を震わせた。アヌスとヴァギナを同時に犯され、同時に射精を受けとめた女の悲鳴だった。

「おおおおっ……おおおおっ……」

「はぁああっ……はぁあああっ……」

「おおおうっ……おおおおうっ……」

　三人で声を重ね合わせ、身をよじりあった。嘉一の射精は長々と続いた。永遠に続くのではないかと思った。間宮もそうだった。どちらかが射精をし、男根がドクンと動くと、櫻子の体も震えた。そもそもオルガスムスの痙攣で震えていたので、いつまでもビクビクがとまらなかった。

　嘉一は精も根も尽き果てていた。

　そのまま眠りにつくことができれば、この世の極楽を味わえそうだったが、三人が繋がった状態でいちばん下にいる嘉一からは、体勢を崩すことができない。

　しばらくの間、そうしていた。

　間宮は動けないようだった。彼がアヌスから男根を抜かなくては、櫻子も嘉一の上からどくことができない。なのに、感極まった表情で天を仰ぎ、金縛りにあったように動かない。

そのうち、呼吸を整えた櫻子が眼を開けた。濡れた瞳が色っぽかった。射精を果たしたあとも、離したくないのが櫻子という女だった。しかし、次の台詞には、さすがに耳を疑った。

「まさか、これで終わりじゃないでしょうね？」

嘉一と間宮は、驚愕に息を呑んで眼を見合わせた。

わかっていたことだが、ここまで手を尽くしても結果は哀しいものだった。

男たちの惨敗だ。

この作品は書き下ろしです。原稿枚数330枚（400字詰め）。

幻冬舎アウトロー文庫

幻冬舎文庫

●幻冬舎アウトロー文庫
その女、魔性につき
草凪　優

刑事・榊木に、ある風俗嬢を捜して欲しいと頼まれた美久。その女「ユア」の行方を捜すと彼女を抱いた男たちは、みな〝壊れて〟いた。やがて美久は、自らもその愛欲の渦に巻き込まれていく。

●幻冬舎アウトロー文庫
劣情
草凪　優

処女なのにこんなに濡らして……。20歳の姪・早苗と禁断の関係を結んだ元映画監督の津久井。ある日、都会に憧れる早苗に懇願され、二人は東京へ駆け落ちする。それが破滅の始まりだった――。

●幻冬舎アウトロー文庫
黄昏に君にまみれて
草凪　優

ベテランソープ嬢・聡子の白魚の指が、独居老人・善治郎の首筋、胸、腋窩、脇腹を、ヌルリ、ヌルリと這い回る。浅草で昼酒を嗜み、吉原で女体にまみれる、善治郎の「孤独のエロス」な日々。

●最新刊
消された文書
青木　俊

新聞記者の秋奈は、警察官の姉の行方を追うなか、オスプレイ墜落や沖縄県警本部長狙撃事件に遭遇、背景に横たわるある重大な国際問題の存在に気づく。圧倒的リアリティで日本の今を描く情報小説。

●最新刊
少数株主
牛島　信

同族会社の少数株が凍りつき、放置されている。「俺がそいつを解凍してやる」。伝説のバブルの英雄が叫び、友人の弁護士と手を組んだ。現役最強の企業弁護士による金融経済小説。

幻冬舎文庫

●最新刊
1968 三億円事件
日本推理作家協会 編／下村敦史 呉 勝浩
池田久輝 織守きょうや 今野 敏 著

1968年（昭和43年）12月10日に起きた「三億円事件」。昭和を代表するこの完全犯罪事件に、人気のミステリー作家5人が挑んだ競作アンソロジー。物語は、事件の真相に迫れるのか？

●最新刊
橋本治のかけこみ人生相談
橋本 治

頑固な娘に悩む母親には「ひとり言をご活用ください」と指南。中卒と子供に言えないと嘆く父親には「語るべきはあなたの人生、そのリアリティです」と感動の後押し。気力再びの処方をどうぞ。

●最新刊
芸術起業論
村上 隆

海外で高く評価され、作品が高額で取引される村上隆が、他の日本人アーティストと大きく違ったのは、欧米の芸術構造を徹底的に分析し、世界基準の戦略を立てたこと。必読の芸術論。

●最新刊
芸術闘争論
村上 隆

世界から取り残されてしまった日本のアートシーン。世界で闘い続けてきた当代随一の芸術家が、自らの奥義をすべて開陳。行動せよ！ 外に出よ！ 現状を変革したいすべての人へ贈る実践の書。

●最新刊
愛よりもなほ
山口恵以子

没落華族の元に嫁いだ、豪商の娘・菊乃。しかしそこは地獄だった。妾の存在、隠し子、財産横領、やっと授かった我が子の流産。菊乃は、欲と快楽を貪る旧弊な家の中で、自立することを決意する。

奴隷島（どれいじま）

草凪優（くさなぎゆう）

平成30年12月10日　初版発行

発行人――石原正康
編集人――袖山満一子
発行所――株式会社幻冬舎
〒151-0051東京都渋谷区千駄ヶ谷4-9-7
電話　03(5411)6222(営業)
　　　03(5411)6211(編集)
　　　振替00120-8-767643
印刷・製本―株式会社　光邦
装丁者――高橋雅之

幻冬舎アウトロー文庫

ISBN978-4-344-42824-9　C0193　　O-83-10

幻冬舎ホームページアドレス　http://www.gentosha.co.jp/
この本に関するご意見・ご感想をメールでお寄せいただく場合は、
comment@gentosha.co.jpまで。